시와 당신
낙
서

시와 당신 : 낙서

초판 1쇄 발행 2024년 6월 11일

지 은 이 나동수
발 행 인 권선복
캘리그라피 필사시 청봉 · 이정룡
낙서서체 형오체
편   집 권보송
디 자 인 김소영
전 자 책 서보미
발 행 처 도서출판 행복에너지
출판등록 제315-2011-000035호
주   소 (07679) 서울특별시 강서구 화곡로 232
전   화 010-3993-6277
팩   스 0303-0799-1560
홈페이지 www.happybook.or.kr
이 메 일 ksbdata@daum.net
값 20,000원
ISBN 979-11-93607-33-6 (03810)

시와 당신

낙서

나 동 수 지음

이름보다 작품을,
등단보다 활동 과정을 사다

권선복 도서출판 행복에너지 대표이사

책을 출간한다는 것은 작가의 작품을 사는 것이다. 특히 요즘처럼 시집이 안 팔리는 상황에서 시집을 출간하는 것은 출판사 입장에서는 상당한 모험이다. 그래서 통상 출판사들은 최소한의 판매 부수를 확보하기 위해 이름 있는 시인이나 적어도 유력 일간지나 잡지를 통해 등단한 시인들 위주로 시집을 출간한다.

그러나 우리는 이번에 과감하게 모험을 하기로 하였다. 이름도 없고 등단 이력도 없는 무명 시인의 시집을 출간하기로 한 것이다.

물론 저자는 딱 1년 전 투고를 통해 우리 출판사와 수필집을 계약하고 발간한 적은 있으나 개인 시집을 발간한 적은 없다. 우리는 등단한 적도 없고 이름도 알려지지 않은 생활 시인의 작품과 활동 과정만 보고 그에게 투자를 하는 것이다.

"시는 누구나 쓸 수 있는 낙서와 같다"라는 저자의 주장은 매우 공감이 간다. 개인적으로는, 저자의 말대로 많은 사람들이 저자와 함께 낙서를 통해 시를 쓴다면 "시는 낙서다"라는 말은 우리나라 시문학에 활력을 불어넣음과 동시에 시문학을 새로이 규정하는 획기적인 명제가 될 것이라는 생각도 들지만, 그 판단은 독자들께 맡긴다.

출간사

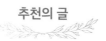

시와 당신

산길을 걷다 풀꽃을 만났다.

감탄사를 연발하며 카메라에 담는 사람이 있고
조용히 코를 가져가보는 사람도 있고
시로 간직해보려고 깊은 생각에 잠기는 사람도 있고
그냥 지나치는 사람도 있다.

그 꽃이 그 자리 그대로이듯
달라도 다른 것이 아니다.

누군가를 사랑할 때

사랑한다는 말로 그 마음을 쉽게 전하는 사람이 있고
밤새 끙끙 앓다 그냥 조용히 간직하는 사랑도 있다.

밖으로 여미운 표현이 다르다고 사랑이 달라지는 것이 아니다.

'시는 낙서다'라는 말과 함께 동수가 '시와 당신'이란 시집을 출간한단다.

'시와 낙서가 같다'는 말은 '시와 낙서가 다르다'는 말과 같은 말이다.

꽃과 사랑과 시와 낙서가 같고 다름은
서로의 마음에서 피어나는 한 송이 꽃이다.

동수가 뿌린 詩앗은 이제 동수의 꽃이 아니다.

초라한 시로 고개 숙이든 화려한 낙서로 피어오르든

詩앗이 뿌리내린 그 마음 밭에서
각기 다른 이름으로 살아갈 자기만의 '시와 당신'으로 피어오르게 될 것이다!

교육사랑(www.3002.kr) 운영자

 최영도

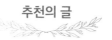

별의 길

약 4년 전 아는 형님의 소개로 만난 첫날, 그는 시를 쓴다며 낭송을 하더니 자신의 포부를 밝혔다. 별다른 경력이나 대단한 뭔가가 있어 보이지도 않는 사람이 자신의 시를 낭송하고 자신의 시를 모두 암송하여 언제 어디서든 낭송을 할 수 있게 하겠다고 포부를 밝히는 것이었다.

좀 허무맹랑해 보이기도 하였지만 그 당당한 모습이 보기 좋았었는데 해가 갈수록 허풍 같은 목표가 늘어나더니 자기 작품을 모두 수필로 풀어쓰고 한 줄 시상을 뽑고 그 핵심을 요약하고 짧은 넉줄 시로 만들고 그 결과물들을 종합하여 노래로 작사·작곡하여 시를 종합문화예술로 만들겠다고 한다.

그런데 저자는 나를 만날 때마다 다른 시를 암송하였고 내가 들어본 시만 50개 정도는 되니 최소 50개 이상의 시를 암기한 것은 확실해 보였고, 작년엔 "시와 당신의 이야기"란 제목의 수필집을 발표하더니 최근엔 자신이 자란 마을 뒷산인 구월산 정상에서 육성으로 자기 대표작들로 시 낭송을 하고 있다고 한다.

야외에서 시 낭송을 하려면 완성도 높은 작품이 있어야 하고 그것을 암기할 열정이 있어야 하고 목소리가 만들어져야 하기에 쉽지 않다. 그럼에도 그가 다년간 자신의 목소리를 만들어가면서 야외에서 낭송을 해가는 용기와 꾸준함이 대단하다 여겼는데, 또다시 이와 같은 시집에 대한 추천사를 요청받아 개인적으로 무한한 기쁨이라 생각한다.

　"세상의 모든 명언" 등 여러 채널의 운영을 통해 350만 명이 넘는 구독자를 보유한 사람으로서 건전한 댓글문화를 통해 시인과 독자들이 서로 소통하기를 바라는 입장에서, "낙서가 곧 시"라는 저자의 주장에 대하여 매우 공감하고 지지한다.

　낙서가 시라는 말은 어쩌면 누구나 생각할 수 있는 말이지만 모든 위대한 것은 누구나 할 수 있을 법한 평범한 것에 있으니 어쩌면 이 말은 낙서를 통해 누구나 시를 쓸 수 있게 만들어 죽어가는 시 문학에 활력을 불어넣음과 동시에 시문학을 새로이 규정하는 우리 시 문단의 획기적인 명제가 될 가능성이 충분하다.

남들이 알아주지 않아도 묵묵히 자신의 길을 가는 사람만큼 멋진 사람은 없다. 저자의 작품 "별의 길"처럼 그렇게 자신의 길을 가면서 다양한 시도를 하는 저자가 기특하여, 이 낙서장을 통해 세상의 많은 사람들이 낙서를 통해 시를 더 편하게 접하고 쉽게 써나감으로써 저자가 이루고자 하는 시인천국 같은 세상이 오기를 바란다.

세상의 모든 명언 대표 운영자

최재성

시는 낙서다

사람들은 시가 아주 쓰기 어려운 대단한 노력의 산물이고 시인이 대단한 사람인 줄 알지만, 사실은 그렇지 않습니다. 시는 사실 우리가 일상에서 하지 못한 말이나 가슴에 묵혀 응어리진 말들을 술의 힘을 빌어 어느 허름한 술집 벽에 낙서하듯 써 내려가는 것입니다. 썸 타는 사람과 함께 쓰는 낙서는 사랑시가 되고 실연당해 쓰는 낙서는 이별 시가 되지요.

그렇게 간절하게 아무도 몰래 쓰는 글들이 빛을 보면 시가 됩니다. 제가 꿈과 희망에 관한 시를 많이 쓴 것은 절망에 빠진 적이 많았기 때문이며, 제가 웃음에 관한 시를 많이 쓴 것도 제가 남모를 고통을 많이 겪었기 때문이며, 제가 청춘에 대한 그리움을 많이 표현한 것은 늙었기 때문이며, 세월의 이치를 많이 표현한 것은 참으로 어리석게 살았기 때문입니다. 이 모든 것은 제가 그다지 잘나지도 않았고 성공하지도 못했기에 표현할 수 있는 내용이고 그로 인해 저는 그야말로 우리 서민들의 삶을 적나라하게 나타낼 수 있었던 것입니다.

세상엔 잘난 사람도 많고 돈 많은 사람은 더 많고 글 잘 쓰는 사람은 더더욱 많습니다. 만약 그들이 현실의 모든 것을 버리고 글에 몰두한다면 아마 세상엔 좋은 글들이 넘쳐날 것이지만, 부족한 제 입장에서 다행인 것은 그들은 다른 바쁜 일들이 많아 글 쓰는 데 신경 쓸 여력이 없다는 것입니다. 또한 그들의 필력이 아무리 좋아도 워낙 잘나고 성공했기에 보통 사람들의 애환을 모르고 서민들의 정서와 동떨어져 서민들의 공감을 얻기 어려울 것입니다.

평범한 재능으로 야간대학을 졸업한 후 평생을 말단 공무원으로 살아오면서 느낀 삶의 애환과 좌절, 기쁨과 슬픔, 꿈과 희망 등 제 모든 것을 평범한 언어로 녹여 시를 쓰고 이를 다듬는 과정에서 쓴 수필을 종합하여 이 낙서장을 발표하니 이 낙서장으로 자신의 낙서를 쓰고 자신만의 시를 쓰시기 바랍니다.

도움 주신 분들:

제가 글을 쓰고 이 책을 발간하기까지 제 가족들과 친구들의 무한한 신뢰와 도움이 있었음을 잘 알고 있으며, 특히 제가 정말 힘든 시절 글을 쓰기 시작할 즈음 저에게 힘을 주고 많은 도움을 주신 정성근 선배님, 글이 무엇인지도 모르는 저에게 책을 소개해주고 구체적인 방향까지 지도해주신 인생의 스승과도 같은 황상철 선배님, 작품 선정에서부터 교정까지 두루 도움을 주신 김나영, 조성희, 유

현국 후배님, 시문학의 발전을 위해 물심양면으로 지원을 아끼지 않는 "세상의 모든 명언" 대표 운영자 최재성 선생님, 대한민국의 교육을 위해 헌신하고 계신 "교육사랑" 운영자 최영도 선생님, 그리고 인터넷 공간에서 함께 동고동락하며 격려해주신 많은 문우님들과 독자님들께 진심으로 감사의 인사를 드리며 그 감사의 마음을 아래와 같이 한 줄로 표현합니다.

"페달은 제가 밟았지만 그 동력은 여러 선생님들의 격려였습니다."

목차

1장

겨울을 넘어

2장

꽃을
피우고

3장

열매를
익히고

4장

속을
비운다

겨울을 넘어

[홀로 핀 꽃]

오늘 바람이 부니
네가 많이 흔들리겠구나.
오늘 바람이 부니
네 마음 더 흔들리겠구나.
차디찬 세상 바닥에
홀로 핀 꽃이여!

삭막한 세상 힘겹게
짐 지고 가는 자를 위해
화려한 세상 구석진 곳을
볼 줄 아는 자를 위해
오만한 세상 기꺼이
숙일 줄 아는 자를 위해
이 넓은 세상 어디든
아름답게 홀로 핀 꽃이여!

오늘은 바람이 부니
늦은 밤 우리,
우리 홀로 흔들리는구나.

척박한 환경에서 홀로 당당히 핀 그대가 바로 꽃이다.

[꽃]

잡초는 혼자 피지 않는다.

도심에 홀로 피어
외로움을 느끼고
비바람을 견디는 것은

그대가 꽃이기 때문이다.

사람에 둘러싸여 있어도 밤 되면 홀로 흔들린다.

[이중창]

우리의 사랑은 가끔
조금은 떨어져 있을 필요가 있다.

두 장의 유리 사이에
보이지 않는 모래알 하나가
서로에게 소름 돋는 상처를 주고
창문 사이 빈 공간으로 인해
이중창이 제 역할을 하듯

아무리 사랑하는 사이라도
가끔은 거리를 둘 필요가 있다.

빗물과 찬바람은
이중창 안에 스며들기 어렵지만
따뜻한 햇살은 모두를 관통하여
그 사이에 포근한 공간을 만들고

밤에는 별빛 더 신비하게 춤춘다.

이중창이 따뜻한 것은 창문 사이 빈 공간이 있기 때문이다.

[유리와 유리 사이]

유리 사이에 모래 한 알이 낀 상태로 싈어붙으면
소름 돋는 소리가 나듯,
사람의 관계도
최소한의 거리를 유지할 필요가 있다.

[이중창]

사람 사이에는 공간이 있다.

공간을 너무 좁히면 집착이고
너무 넓히면 이별이다.

오늘따라 이중창이 따뜻하다.

[별의 독백]

저 까마득히 먼 세상
나를 올려다보는 사람
나를 찾으려는 사람
그들이 있어 빛을 낸다.

흐린 안개 속에서도
포기 않고 꿈을 찾는
나를 찾는 사람 있어
나를 태워 빛을 낸다.

빛나는 그들의 눈동자와
가슴속 열기를 찾아
먼 곳에서 희미한 빛이나마
한 줄기 희망을 보낸다.

언젠가 우리가 눈 맞추면
그 꿈이 나와 연결되어
그 꿈이 실현될 것이라고.
그대 꿈을 이룰 것이라고.

그대 눈동자 별이 될 것입니다. 그대가 자신을 믿는 순간.

[별의 독백]

그대 꿈을 이룰 것이라고

뛰는 가슴 들어 하늘을 보라고.

[꿈]

별들이 나누는 이야기

별들이 노래하는 시.

[뚝배기]

붉은 흙을
천도의 온도로
담금질하여
태어났기에

웬만한 열에
호들갑 떨지 않고
한 번 데워지면
쉬 식지 않는다.

뚜껑을 닫아도
고열을 견뎌낸
구수한 마음이
숨을 쉬기에

보글~보글 어디서
무엇을 끓여도 질리지 않는다.

[골동품]

백자, 청자도
처음에는
흔하고 평범했다.

그를 귀하게 만든 것은
세월이다.

[뚝배기]

청춘을 뜨겁게 보낸 사람은
세파에 잘 흔들리지 않고

쉽게 인간미가 식지 않는다.

[팽이]

작은 일에도
주저앉으려는 저를
채찍질해 주세요.
죄책감 가질 필요 없어요.
세상은 원래
빙글빙글 도는 거니까요.

더 이상
비틀거리지 않게
아주 세게
채찍질해 주세요.
흔들림 없는 모습으로
세상 앞에 설 수 있게.

[팽이]

고롱을 참고
빙판에 홀로 우뚝 서니

어떤 바람도
흔들림 없이 튕겨낸다.

[고등어]

싱싱한 물고기는
지느러미를 멈추지 않는다.

[소쩍새]

사랑하던 님이 떠났다고
너무 서러워할 필요도
겨울 추위가 혹독하다고
주저앉아 울 필요 없다.

밤이 어두울수록
해가 밝게 뜨고
겨울이 추울수록
봄이 따뜻한 법이니

이별의 아픔이 클수록
큰 사랑을 했다는 것이고
정거장 바람이 매서울수록
버스 안이 따뜻한 것이다.

소쩍새는
꽃이 진다고 울지 않는다.

[무용담]

그 시절 힘들었다 말하려면

어쨌든 살아남아야 한다.

[소쩍새]

울고 싶을 때가 많지만

소쩍새는
꽃이 진다고 울지 않는다.

밤이 아무리 길어도 낮보다 길 수 없고
이별이 아무리 힘들어도
우리 곁에는 언제나 사람이 있다.

[꿈은 반드시]

춥고 긴 겨울밤
개구리는 무슨 꿈을 꾸고
나무는 어떤 꿈을 꾸기에
봄 되면 개구리가 튀어나오고
나무는 꽃망울을 맺을까.

춥고 어두운 밤
사람들은 무슨 꿈을 꾸고
별들은 어떤 꿈을 꾸기에
사람들은 변함없이 아침을 맞고
별들은 미련 없이 질까.

밤이 지나면 아침이 오고
겨울 지나면 반드시 봄이 오듯
모든 꿈은 현실이 된다.
개구리는,
봄이 반드시 온다는 것을 믿기에
겨울잠에 드는 것이다.

꿈이 있는 자는 결코 스스로 소멸되지 않는다.

개구리는 봄이 반드시 온다는 것을 믿기에 겨울잠에 든다.

[불신 지옥]

의심하면 찰 수 있고
될 수 있고
이길 수 있고

잘 수도 있다.

[소롯길]

두툼한 잠바 속이
외려 더 허전한 초겨울
바람 소리가 스산하다.

저마다 걸어왔을
화려한 길에는
색 바랜 낙엽들이
마지막을 장식하고
바람을 좇아 사라져 갈
황량한 소롯길

사랑도 낙엽이 되고
미움과 증오 기쁨과 슬픔
고독과 고통조차
모두 낙엽이 되어
총총히 사라져 갈
쓸쓸한 소롯길에
또다시 바람이 분다.

초겨울 바람 소리 스산한데
길옆 늙은 나무 아래엔
아직도, 아직도 낙엽이 쌓이는가!

어리석은 늙은 나무는 한겨울에도 수북이 낙엽을 떨구고 있다.

[근심]

낙엽만
쌓이는구나.
늙은 나무
아래엔

[낙엽]

나무에서 떨어지면
더 이상 쪽팔릴 것도 없다.

색을 빼고 둥글게 말려
자연으로 돌아가면 그뿐.

[동백]

님 향한 붉은 단심
애를 태우다

일찍이 꽃을 피워
찾아 나선 님 가신 길

눈보라 속에서도
한 조각 놓지 않고
지켜온 단심

님 향기에 머언 발치서
툭!
심장을 떨구며 말한다.

내 모든 걸 다 바쳤기에
한 잎 후회 없다고.
당신만을 사랑한다고.

내 모든 걸 다 바쳤기에 한 잎 후회 없으리.

[동백]

뚝뚝 떨어지는 동백은 나의 눈물이다.

[동백꽃]

꽃은 떨어져도
땅바닥에 다시 피고
그대 가슴에 다시 피어

영원히 지지 않는 사랑.

[서리꽃]

젊은 열정
아름답던 시절
덧없이 다 보내고
뒤늦게
무엇이 아쉬워
다시 피었느뇨?

이유도 모른 채
사라져 간 님처럼
냉랭한 햇살에
까닭도 모른 채
한 줌의 물로
사라져 버릴 것을.

겨울밤 내내
아프게 피었다
허무하게 지더라도
아무도, 아무도
알아주지 않을 것을.

겨울 새벽 뒤늦게 사슬 모양 차갑게 핀 내 청춘을 닮은 꽃.

[성애]

그녀의 냉담한 분위기에
차마 하지 못하고
내 가슴에 서린
애간한 낱말들.

[서리꽃]

세상 모르던 나의 여린 호흡은
착각 속에서 허공을 날고
새벽 되면 허영게 들러붙어
겨울밤 내내 얼고 녹는다.

[눈 속에 핀 꽃]

눈 속에 꽃을 피우려면
눈보라를 두려워하거나
눈보라에 지면 안 된다.

제아무리 눈보라가
거세게 몰아쳐도
몸을 흔들며 꼿꼿이
허리를 세워야 한다.

제아무리 눈보라가
거세게 몰아쳐도
두 눈 똑바로 뜨고
하늘을 봐야 한다.

온 세상을 다 덮어버리는
눈보라를 이겨내고
한 점 주눅 들지 않고
끝끝내 꽃을 피우니

눈 속에 핀 꽃에는
벌레 먹은 꽃이 없다.

눈 속에 핀 꽃에는 벌레 먹은 꽃이 없다.

[눈 속에 핀 꽃]

눈 속에 핀 꽃에는 벌레 먹은 꽃이 없다.

이 험난한 세상 활짝 웃는 그대가

바로 눈 속에 핀 꽃이다.

수많은 시련과 난관을 극복하며 성장한 사람은
어떤 상황에도 주눅 들지 않는다.

[꿈속에서라도]

스스로 먹지 못하지만 죽이라도 내 손으로
흘려 넣어 줄 수 있어 좋았습니다.
오물 묻은 침대 시트를 갈고 오물 묻은 옷을 벗겨
새 옷을 입힐 수 있어 좋았습니다.

독한 방귀 냄새가 무얼 의미하는지 알기에
그 냄새조차 향기로웠습니다.
몸이 말을 듣지 않아도 희미하게 웃어주는
그대를 바라보는 것만으로 행복하였습니다.

어느덧 모든 것을 정리하고
새로 이사 온 새집에
그대의 흔적이 점점 지워져 가고
벽에 걸린 사진 속에서
말없이 웃음 짓는 그대가
나를 눈물짓게 합니다.

침대 장판에 불을 높여도
쓸쓸함은 어찌할 수 없어
자는 동안이나마 눈물이 마르게
꿈속에서라도 그대 볼 수 있기를
희미하게나마 그대 느낄 수 있기를.

꿈속에서라도 그대 볼 수 있기를,
희미하게나마 그대 느낄 수 있기를.

[꿈속에서라도]
낡은 아파트에서
구부정한 세월 함께 쌓은
추억이
사무치게 그립습니다.

잊혀진다는 것은
그 사람에게서 내 존재 의미가 사라지는 것이다.

[이름 모를 꽃]

나는 너를 모르는데
너는 나를 보고 웃는구나.
나는 네 이름도 모르는데
너는 나를 보고 웃어주는구나.

요즘엔 아는 이도
나를 보고 잘 웃어주지 않고
세상 사람 아무도 이득 없이
사람을 위해 웃어주지 않는데.

너는 순결한 핑크빛의
화사한 미소를 지어주는구나.
내가 너를 모르는데
너를 바라본다는 이유만으로.

그도 너를 모르는데
너를 볼 거라는 이유만으로.

꽃은 사람을 가려 웃지 않는다.

[꽃]

모르는 사람을 향해 웃는다고
모자란 것이 아니다.

아름다움이 넘치기에
누구에게나 웃는 것이다.

[이름 모를 꽃]

세상 사람 모두 돌아서도
나를 보고 웃어주는 꽃이 있다.

조금만 고개를 숙이면.

세상이 아무리 힘들어도
한 사람만이라도 나를 향해 웃어준다면 견딜 수 있다.

[지구를 굴리자]

찬란한 해를 띄우기 위하여
얼마나 많은 생명들이
발로 땅을 굴렸을까.

찬란한 해를 맞이하기 위하여
얼마나 많은 생명들이
하늘을 바라보았을까.

사람들은 지구가
스스로 돌아간다 생각하지만
생명의 힘이 없으면 지구도 멈춘다.

땅 위의 모든 생명들이
열심히 굴리고 굴려야
지구가 돌고 해가 뜨는 것이다.

땅 위의 모든 생명들이
하늘을 보고 또 봐야
찬란하게 해가 뜨는 것이다.

오늘도 나는 지구를 굴리고
나의 해를 띄우기 위하여
열심히 땅을 굴리며 하늘을 볼 것이다.

발을 굴려 지구를 돌리고 나의 해를 띄운다.

[지동설]

아무도 하늘을 보지 않고
발을 굴리지 않는다면 해는 뜨지 않는다.

사람들이 희망을 버리지 않고
하늘을 보고 발을 굴리기에
지구가 돌고 해가 뜨는 것이다.

[새해 인사]

올해도 다들
열심히 지구를 굴려
더 건강해지시고
자신의 해를 띄우시기 바랍니다.

[눈꽃]

찬 바람 부는 어느 날
그대는 내게
천사처럼 다가와

아무런 계산 없이
내 헐벗고 앙상한 몸을
포근히 감싸 안았었지요.

그대의 순수한 사랑은
황량한 세상을 하얗게
아름답게 덮어버렸고

차가운 밤을 이겨낸
우리의 사랑은 새벽녘
새하얀 꽃으로 피어났지요.

아침 해가 떠올라
포근해진 세상에
한 방울의 눈물로
떨구어질지라도.

추운 계절 아무런 계산 없이 헐벗은 나무를
포근히 감싸 안은 사랑.

[눈꽃]

눈처럼 순수하고 아름답던

젊은 날 우리들의 사랑   [설경]

순수한 사랑으로 덮인
한없이 아름답던 세상

세월 지나 눈은 다 녹고
이젠 눈도 잘 내리지 않는다.

이젠 사랑만으로 살기 어렵다.

[별을 찾는 사람들]

새벽이면 별을 찾으러 다니는 사람들이 있다.
별은 많은 사람들의 염원을 담았기에
땅에 잘 떨어지지 않는다.

사람들은 땅에는 별이 없다 생각하여
세상 누구도 알아주지 않지만
그들은 묵묵히 별을 찾는다.

차디찬 새벽 공기를 들이마시며
신문 투입구를 뒤지고 우유 주머니를 뒤진다.
쓰레기통을 뒤지고 낙엽도 쓸어본다.

어둠이 무겁게 내려앉은 거리는
때론 무섭고 때론 불편할 텐데
언제부턴가 어둠이 더 편해 보인다.

희망의 끈을 놓지 않고 있지만
별을 찾지 못한 지금은
해가 뜨기를 바라지 않을지도 모른다.

별 없는 민낯을 보이기 싫을지 모르는데
오늘도 별은 진다.

별 없는 민낯을 보이기 싫을지 모르는데 오늘도 별은 진다.

[별의 탄생]

처음엔 그냥 불빛이었다.

꿈이 생기고
꿈을 이룰 수 있다고 믿는 순간
별이 되었다.

우주를 향해 또렷하게 빛나는

[보물찾기]

차디찬 새벽 공기를 들이마시며
신문 투입구를 뒤지고 우유 주머니를 뒤진다.
쓰레기통을 뒤지고 낙엽도 쓸어본다.

[공룡시대]

도시에 공룡이 산다.
오래전 공룡은
초식공룡이었다.

그 많던 녹지를
다 먹어 치우자
공룡은 잡식이 되었다.
덩치 작은 포유류가
단합해 저항해 보지만
오래 버티지 못한다.

공룡들은 갈수록
거대해져 가고
쿵쾅쿵쾅!
이젠 아주 공포스럽고
게걸스러운 소리까지 내며
잡아먹는다.

쿵쾅쿵쾅!
오늘도 공룡은
도시를 먹어 치우고 있다.

오늘도 공룡은 도시를 먹어 치우고 있다.

[치성]

빛으로 공룡을 만들어
고리에 짓눌린 사람들이
공룡을 숭배하며
무너지지 않게 치성을 드린다.

[공룡시대]

덩치 작은 포유류가
단합해 저항해 보지만
오래 버티지 못한다.

[나이테]

화려하던 꽃이 지고
나뭇잎이 떨어지면서
낭만의 계절은 갔다.

꽃잎 하나하나에
붉은 열정이 있고
낙엽 하나하나에
아픔이 있었으니
모든 것을 떨구면서
나무는 성숙해져 가고

긴 역경의 계절을
참고 견디어 내면
눈 덮인 야윈 가지에
맑은 영혼의 꽃이
노랗게 피어나고,
보이지 않는 깊은 곳엔
선명한 나이테 한 줄 늘 것이다.

혹독한 겨울 없이 나이테는 만들어지지 않는다.

[나이테]

혹독한 겨울 없이
나이테는 만들어지지 않는다.

편한 것만 추구하는 중년
현실에 안주하지 말자.

[나이테]

계절의 변화가 없는 열대지방에는
나이테가 만들어지지 않는다.

혹독한 겨울을 견뎌야 진하게
나이테가 만들어지는 것이다.

[좋은 시]

감미롭지 않다고 시가 아니더냐?
화려하지 않다고 시가 아니더냐?

우리의 인생이요 우리의 삶이요
우리의 가치관이요 우리의 사랑이니

형식을 뛰어넘는
내용이 있어야 하고
나를 표현하는 것을 넘어
세상과 소통하여야 한다.

시란, 세상을 부드럽게 관통하는
햇살 같은 것이니
자신의 언어로 꾸밈없이
내용을 담으면 되고

좋은 시란, 좋은 술과 같아서
부드럽게 넘어가면서도
강한 기운,
강한 향기가 있어야 한다.

시란 세상을 부드럽게 관통하는 햇살이다.

[좋은 시]

평범한 소재를 비범한 소재로 둔갑시키고,
평범한 단어가 바다처럼 깊은 의미를 내포하여
누구나 알고 있는 내용도 새롭게 와닿는다.

[좋은 시]

평범한 언어에
심장을 달아
울림을 주고
따듯하게 안아준다.

[숯]

살아생전 물기를 빼고
목질을 말린 후
불 속에 나를 기꺼이 던졌다.
삶을 향한 미련과 생전의 욕념
그 찌꺼기조차 모두
태워야 한다.

이글거리는 불 속
그 모든 불순물이
완전히 타 연기조차 없이
벌겋게 피어날 때,
나는 다시 태어난다.
그 모든 화려함과
욕념을 정화하고
까아만 한 덩이 심장으로.

나를 완전히 버리고
세상을 따뜻하게 데우고
세상을 깨끗하게 정화할
까아만 한 덩이 열정으로.

내 모든 것을 태워 버리고 따뜻한 마음 하나 남겼소.

[숯]

내 모든 것을 태워 버리고
마음 하나만 남겼소.

그대를 따뜻하게 해 주고픈.

[숯]

다시금 타오른 정열

재가 돼도 좋으리.

[다이어트]

산다는 것은
삶의 무게를 극복하는
과정일지 모른다.

세상 모든 관계가
황금빛 사슬로 엮여
저울에 올려지니

나이를 먹어갈수록
다양한 사슬에 얽혀
어깨가 무거워진다.

그 사슬을 끊거나
저울을 없애야 하는데
왜 그리 집착하는가!

어리석은 욕심과 미련은
자꾸만 사슬을 저울에 올리고
아름다운 기억과 추억만이
저울추를 내리는구나.

하산길에도 짐을 못 버리면 무릎 상한다.

[다이어트]

나이를 먹어갈수록 힘은 약해지는데
어리석게 욕심을 부리거나 미련에 머뭇거린다면
결국 무거운 사슬 되어 그대를 짓누를 것입니다.

[하산길]

하산할 때는
욕심을 버리고 무게를 줄여야 한다.
실려 내려가지 않으려면.

[폭설]

누군가의 아픔을 넘어
온 세상의 아픔을
다 덮으려는 듯
밤새워 눈이 내리고

아침에 눈을 뜨면
모든 것이 하얗게 덮인 세상
눈부시게 아름다워도
아이처럼 기뻐할 수 없고

한낮이 되면
햇빛에 녹아 문드러질
더 처참한 상처
아이처럼 덮을 수 없네.

상처투성이 인생 겉으론
포근하게 다 덮어도
이제는 손발보다
눈이 먼저 시리고
이제는 몸보다
마음이 먼저 시리는구나.

아이는 눈 속에 덮인 세상을 몰랐다.

[폭설]

아이는 어릴 적
눈 속에 덮인 세상을 몰랐다.

구멍 난 운동화와 부르튼 발,
차갑게 식어버린 밥을...

[폭설]

아침에 눈을 뜨면
모든 것이 하얗게 덮인 세상
눈부시게 아름다워도
아이처럼 기뻐할 수 있고

[큰 나무]

사람의 마음에는
근심과 번뇌가
잡초처럼 자라나
사람을 괴롭힌다.

근심과 번뇌는
아주 사소한 것이
씨앗이 되어
싹을 틔우고

골방의 곰팡이처럼
골똘히 퍼져
온 마음을 덮고
옥죄는 것이니

작고 사소한 일에
집착을 끊고
골방을 벗어나야
근심과 번뇌가 사라진다.

큰 나무 밑에는
잡초가 자라지 않는다.

큰 나무 밑에는 잡초가 자라지 않는다.

[곰팡이제로]

근심과 번뇌는 곰팡이 같아서

햇빛 아래나
사람의 활동이 많은 곳에서는
번식을 못 한다.

[악담]

남에게 악담을 하는 것은
이해관계나 질투 때문이다.

그것이 아니라면
자신의 콤플렉스나 자격지심 때문이다.

[발자국]

나는 어떤 길을 걸어왔을까?
나는 어떤 발자국 남겨왔을까?

사람마다 족적이 모두 다 다르고
그 족적은 결코 지울 수 없으니

비굴하고 나약한 길을
가지 말 것이며
거짓되고 추악한 길을
걷지 말 것이다.
참되고 올바른 길에
자신의 발자국을
크지 않아도 선명하게
남겨야 할 것이다.

차가운 바람 부는
새하얀 눈길 위에
홀로 발자국을
찍을지라도.

꽃길은 발자국을 남기지 않는다.

[발자국]

화려한 꽃길은
발자국을 남기지 않는다.

차가운 눈길
힘든 만큼 짜릿하고
발자국 더 또렷하다.

[발자국]

뒤돌아볼 때 비로소 보이는 것이 있다.
힘겹게 패였는지, 어지러운지, 벗어난 것 아닌지,
앞만 볼 때는 안 보이던 그대의 발자취.
힘든 만큼 짜릿하고 발자국 더 또렷하다.

[맞짱]

겨울이 쇠약해진 틈을 타
봄이 맞짱을 뜨자며
친구들을 다 불러 모은다.

하늘에서 바람이 입김을 넣고
물속에서 개구리가 튀어나오고
땅속에선 새싹들이 움찔움찔 아우성치고
나무는 뼈마디를 실룩거리며 겁을 주고
매화는 분홍치마 펄럭이며 응원을 한다.

심상치 않음을 느낀 겨울
동장군에게 명하여
뒤늦게 꽃샘추위를 부르고
얼음을 얼리고 눈꽃을 날리지만
힘에 부쳐 보이는데

넋 놓고 싸움 구경하던 해님
얼굴이 상기된 채
뒤늦게 천천히 산을 넘는다.
뉘엿뉘엿.

아무리 추워도 봄은 오고 모든 눈은 봄 되면 녹는다.

[고난]

아무리 강해도 세월을 이길 수 없고
모든 고난은 세월 속에 녹아난다.

[목욕]

세상에 온탕만 있는 목욕탕은 없다.

산다는 것은
온탕과 냉탕을 번갈아 오가는 것이다.

2장

———

꽃을 피우고

[생화]

꽃이 흔들리는 것은
아픔을 이겨내고
바로 서기 위함이요

꽃잎이 날리는 것은
세월의 흐름을
알고 있기 때문이다.

조화는 아픔을 모르니
바람에 흔들리지 않고
세월의 흐름을 모르니
스스로 질 줄 모른다.

흔들리지 않는 꽃은
향기가 나지 않는다.

흔들리지 않는 꽃은 향기가 나지 않는다.

[꽃]

꽃이 바람에 흔들리면서
뿌리를 굳건히 하고 성장하듯

사람도 시련을 통해 성장하고
그 아픔이 향기가 된다.

[조화]

조화는 생명이 없으니 흔들려도 아픔을 못 느끼고
세월의 흐름을 모르니 스스로 지지 못하고
결국 더러워져 버려진다.

[울고 싶을 땐 울자]

구름이 하늘을 가리면
태양도 몰래 운다.
항상 밝아 보여도
울고 싶을 때가 있거든.

나무는 바람 불 때
숨죽여 흐느끼고
꽃은 밤 몰래 울어
아침에 이슬이 맺히지.

어느 날, 별이 커 보이는 것도
별이 눈물을 머금었기 때문이야.

내가 울지 않으면 남도 울어주지 않는다.

[울고 싶을 땐 울자]

세상에 울지 않는 것은 없다.
꽃도 나무도 하늘도 태양도

세상 만물은
울음으로 맑아지고 정화된다.

[맑은 눈동자]

울지 않는 눈은 망가지기 마련이며,
모든 생명은 울음으로 맑아지고 정화되니,
울음을 부끄러워하거나 비난하지 말자.

[봄의 태동]

국화꽃 비올라 꽃
아름다운 미소로
내 맘을 밝혀주던
버스정류장 뒤 화단

겨울 되니 꽃이 말라
흉물스러웠는지
어느 날 다 뽑혀
하나도 안 보인다.

하얗게 뒤집어진
마사토만 있었는데
어느 날 파릇파릇
겨울을 갉아먹고

차가운 흙더미 속에서
이름 모를 잡풀들이
봄보다 먼저
뿌리내리고 있었다.

봄은 주어지는 것이 아니라 우리가 깨우는 것이다.

[새순]

버턴 봄
얼굴색 하나 변함없이
얼굴을 내밀어도
새로운 너

[스프링]

바이러스가 변이를 거듭하지만

신종이든 변종이든 그 무엇도
봄이 솟아오르는 것을 막을 수 없다.

[나를 움직이는 것]

내가 오늘 길을 가다 잠시 멈추는 것은
거센 폭풍우가 아니라
이마를 스치는 한 줄기 바람 때문입니다.

내가 오늘 길을 가다 잠시 돌아보는 것은
잘 꾸며진 아름다운 꽃밭이 아니라
언뜻 눈에 들어오는
길가에 핀 한 송이 풀꽃 때문이지요.

우리는 다들 커다란 목표를
갖고 있다 자부하며 살지만
진정 우리를 움직이는 것은
나를 보며 미소 짓는 한 송이 꽃
나를 보며 지저귀는 작은 새들
내 옷에 들러붙는 들풀일지 모릅니다.

오늘 밤, 바람이 아무리 매서워도
나는 내일 아침 일찍 일어나
한 송이 꽃을 보고 새소리를 들으며
풀밭을 걷고 있을 것입니다.

사람은 아주 작고 사소한 것들로 인해 움직인다.

[시냇물]

멀리만 보면 주변을 챙기지 못한다.

강물처럼 깊은 소리는 아니지만
때로는 졸졸졸 시냇물 소리가 정겹다.

사람이 원대한 목표에 의해 움직인다는 것은 착각이다.
목표는 방향만 잡아주고 우리는 사실
아주 작고 사소한 것들로 인해 움직인다.

[희망꽃]

믿음이 있었기에
바람에게
나를 맡겼네.
희망이 있었기에
척박한 곳에
자리 잡았네.

삭막한 도심에도
젖줄이 흐르고
양분이 있어
노랗게 파랗게
나 아름답게
꽃을 피웠네.

삭막한 도심에도
나를 알아봐 주고
사랑해주는
그대가 있어
나 아름답게
꽃을 피웠네.
희망을 피웠네.

[풀꽃]

도심에 꽃을 피운 것은

삭막한 도시에도 희망이 있기 때문이다.

[희망꽃]

절망은
희망 찾기를 포기하는 것

그대가 포기하지 않는 한
절망은 없다.

[풀꽃]

크고 화려하지 않지만
그대가 있기에
세상은 아직 아름답다.

[들풀의 봄]

마른 몸을 흔들어
중심을 잡고
해일 같은 바람을
흘려 넘겼다.
북풍한설 몰아치는
매몰찬 세상
한 올의 물줄기를
끝내 지켰다.

미소 짓는 햇살에
얼음이 녹고
바람의 손끝에도
온기가 흘러
말라버린 줄기에
생기가 돌고
이제 막 눈 뜬 새싹
촉촉해지니

황량하던 벌판이 풋풋해지고
몽글몽글 풀꽃들 망울지누나.
풀꽃들의 옹아리
알록달록하겠구나.

겨울을 모르는 자는 봄을 알 수 없다.

[들풀의 봄]

온실의 화초는 희망찬 봄을 모르지만
들풀은 스치는 바람에도 봄을 느낀다.

[낭만들풀]

춘삼월 가끔 날리는 눈발 따위는 낭만이다.

[매화]

이른 봄 밤바람은
아직 차운데

망울망울 그리움
가득 품고서

오지 않는 님 올까
마중 나가네.

휘영청 밝은 달빛
꽃잎 올려도

쉽사리 흔들리는
벚꽃과 달리

그 마음 변치 않아
기품 있어라.

매화는 찬바람에 꽃잎을 떨구지 않는다.

[매화]

망울망울 그리움
가득 품고서

오지 않는 님 올까
마중 나가네.

옹골차고 단아한 기품은 찬바람에 굴하지 않는다.

[삼겹살]

좁고 어둡고 더러운 곳에서
아무런 희망 없이 산다는 것
그것은 살아도 산 것이 아니었네.

껍질이 벗겨지는 고통,
온몸이 난도질당하는 고통도
그래서 무덤덤했네.

그런데 세상에 나와
나를 보고 환장하는 사람들을 보며
산다는 게 뭔지 이제야 느꼈다네.

한 점이라도 태울까 노심초사
애지중지하는 그대들 사랑에
내 기꺼이 그대들 밥상에
빨갛고 하얀 꽃으로 피어오르겠네.

삼겹살은 사랑으로 뒷면까지 노릇노릇 구워야 한다.

[삼겹살]

사람들의 뜨거운 사랑에
난도질 고통을 참고
하얗게 빨갛게
아름다운 꽃으로 피어나다.

[경지]

삼겹살 굽는 실력은
연애할 때 기초가 닦이고,
결혼과 동시에 슬럼프를 겪다가,
애들이 태어나면 다시 발전하여,
애들의 성장과 함께 완숙의 경지에 이른다.

현재의 고통을 참을 수 있는 것은 미래가 있기 때문이다.

[역경에 대한 보상]

그토록 버팅기던
기나긴 겨울도 살랑살랑
봄바람에 밀려나고

꽁꽁 언 개울물
살얼음 되어 무너지니
화사한 꽃들이 활짝 핀다.

매화 동백 개나리꽃 진달래
겨울이 아무리 추워도
꽃망울을 터트리니

지난겨울이 혹독할수록
꽃은 더욱 진하여
고고하고 아름답구나.

지난겨울이 추울수록
단맛과 향이 강한
들판의 시금치처럼.

뒤집어 생각해 보면 위기가 곧 기회다.

[단맛]

시금치는 겨울을 나야 달달해지고
사람은 고난을 통해 단단해진다.

[위기]

위험 속에 기회가 있고
기회는 바람과 함께 찾아온다.

깃발은 바람이 불어야 비로소 펄럭이며
제 위용을 드러내는 것이다.

[봄의 숨결]

꿈결처럼 아련한
그대 숨결에
닫쳐있던 내 마음
심쿵 열리고
햇살처럼 따듯한
그대 숨결에
얼어 있던 내 가슴
녹아버렸죠.

긴 세월 땅속에서
꿈꾸던 씨앗
마침내 사랑의 싹
활짝 틔우니
숭고한 그대 사랑
꽃으로 피어
포근한 그대 숨결
꽃향기 담아

온 세상 방방곡곡
봄을 알리리.
온 세상 방방곡곡
봄을 전하리.

김치볶음밥을 먹어도 그 아이 입에서는 단내가 났다.

[봄의 숨결]

어릴 적
추억의 소녀
단내나는
속삭임.

[그리움의 꽃]

문득 불어온 봄바람,

내 마음 아련하게
그리움의 꽃 피우는구나.

[진달래]

냉기 톨톨 날리며 떠나더니
봄만 되면
또근하게 날랑거리는구나.

[목련꽃]

목련꽃 활짝 피자
비가 내리네.

붓 모양 꽃눈으로
겨울 견디고
희고 숭고한 모습
활짝 폈는데

아름다움 시기하듯
비가 내리네.

어젯밤에 본 별빛
아른거리고
어지러운 발밑을
쓸지 못해도

목련꽃 활짝 피자
비가 내리네.

그대의 시련은 신이 그대를 단련하는 과정이다.

[청춘]

목련꽃 핀 날 비가 내리는 것은

하늘이 시기할 정도로 아름답기 때문이다.

[봄꽃]

봄에 피어나는 꽃은 아픔을 모르고,
봄에 피어나는 사랑은 이별을 생각하지 않는다.

[진눈깨비]

너를 눈이라 불러야 할지
너를 진눈깨비라 불러야 할지.

네가 눈이라면 나는
오늘 하루 추억에 잠길 것이오.

네가 진눈깨비라면 나는
비 온다 여기고 한잔 걸치리오.

봄날 찬바람과 함께 내림은
잊어가는 나에 대한 회초리요

이리도 모호하게 내리는 것은
그대 마음이 매정하지 못해서겠지요.

내일은 진눈깨비라 부를지라도
오늘은 눈이라 부르리라.
오늘 하루 추억에 푹 잠겨야겠소.

갈피를 잡지 못하는 그대 마음 진눈깨비가 되었구려.

[진눈깨비]

종잡을 수 없는 그대 마음에
나는 우산을 쓸지 말지
갈피를 잡지 못하는구려.

내일은 진눈깨비라 부를지라도
오늘은 눈이라 부르리라.
오늘 하루 추억에 푹 잠겨야겠소.

[풀꽃]

보도블록 사이에 작은 풀꽃 하나
혼자 외로이 피어있구나.
거센 바람 불고 구둣발 난무하는
치열한 전쟁터에
홀로 밝게 서 있구나.

척박한 땅 곳곳에
바람막이 하나 없이
작은 별들이, 작은 꿈들이
어떠한 위협에도 주눅 들지 않고
아름답게 피어 우아하게 서 있으니

장미와 백합은
아파트 정원을 밝히지만
너는 이 황량한 도시를
환하게 밝히는구나.
지쳐 고개 숙인 나에게
황금빛 희망을 주는구나.

풀꽃이 아름다운 것은 척박한 환경 속에서도
홀로 당당하게 피었기 때문이다.

[풀꽃]

꽃이 될지 풀이 될지 그대 마음입니다.

그대가 자신을 꽃이라 여기는 순간
그대 풀에서 꽃이 활짝 필 것입니다.

[왜 태어났니]

모든 생명은

사랑에 의해,
사랑을 위해,
사랑받기 위해 태어났다.

[춘설(春雪)]

여린 마음 남몰래
애를 태우며
흔한 냉소조차 없이
돌아선 님아.
매서운 말 한마디
차마 못 하여
간다는 말도 없이
사라진 님아.

매화 동백 환하게
자지러지고
산새들이 짝지어
지저귈 때에
그대 홀로 외로이
등을 돌리며
쓸쓸히 쓸쓸히
떠나간 님아.

언제나 그대 떠나며
하얗게 웃어주던
마지막 작별 인사
그마저 올핸 없구료.
춘삼월, 하얗게 흩어지던 그대의 미소.

춘삼월 하얗게 흩어지던 그대의 미소.

[짝사랑]

말도 못하고 혼자 울렁이지만

익사할 만큼 깊다.

[춘설]

이제 3월엔 눈이 거의 오지 않고
내 가슴엔 아직 찬 바람 부는데
그 사람의 미소도 희미해져 간다.

[봄비]

오늘은 왠지
비를 맞아도 될 것 같다.
우산이 번거로워서가 아니라
이런 날은 그냥 비를 맞아도
춥지 않을 것 같으니

겨우내 목말랐던 생명들
환호하며 목을 축이고
해가 들지 않는 땅속
얼어 있던 생명들
차가운 몸을 녹인다.

세상을 뒤덮고 있는
자욱한 안개와 미세먼지
세상 모든 근심이 씻겨 내려가며,
수중 분만되는 해맑은 아이들 세상

비가 오면
꽃이 진다는 걸 알지만
나무는 결코
비를 마다하지 않는다.

[봄비]

비가 오면
꽃이 진다는 걸 알지만
나무는 결코
비를 마다하지 않는다.

[봄비]

젊은 날 우리는 가난했어도
비에 젖는 것을 두려워하지 않았다.
이제는 몸과 마음이 약해지니
비 맞는 것이 꺼려진다.

[눈사월]

사월에도 눈이 나리는구료.
그대를 닮아 하얀 눈이
그대를 닮아 하늘하늘.

사월 눈은 겨울눈과 달리
왜 이리 빨리 사라지는지
우리의 옛사랑을 닮았구료.

꽃잎은 떨어져도 나무는
푸르게 푸르게 변해 가는데
나는 왜 그리 야위어갔는지.

이제는 살도 붙고 아물었는데
꽃이 지면 가끔 상념에 빠지고
마음 한구석이 아린다오.

삼십 년이 흐른 사월 어느 날
꽃잎은 왜 내 머리를 스치는가!

삼십 년이 흐른 사월 어느 날 꽃잎은 왜 내 머리를 스치는가!

[벚꽃]

너무나 화려하게
너무나 짧게
너무나 아쉽게 떨어져 간
청춘이여! 사랑이여!

[빛]

내가 아직도 그녀를 잊지 못하는 것은
받을 빛이 있기 때문이다.

그녀에게 준 내 청춘의 순정.

[염화미소]

나는 봄이 뭔지 몰랐다.
단지 겨울 지나
날이 따뜻해지면
봄이거니 했다.

봄비가 내리고
꽃이 피고
바람이 불어도
그 의미를 몰랐다.

그런 무지한 내게
너는 봄을 가르치고
싹을 틔워 꽃을 피우고
열매 맺는 법을 가르쳤다.

네가 떠난 후
세월이 흐를수록
네 말 없는 가르침이
내 가슴을 울리고
되새길수록 더욱 커진다.

헤어짐을 생각하지 않는 만남은 결국 파멸에 이른다.

[염화미소]

그녀의 말 없는 가르침이
내 가슴을 울리고 되새길수록 더욱 커진다.

[아름다운 이별]

풀리지 않는 끈은 잘리기 마련이다.

잘 풀리는 끈이 아름답다.

[봄초록]

지난해를 수확하고
겨울 견딘 과실수가
앙상한 뼈대에도
초록빛 싹을 틔우니
온 산이 초록을 띠고
온 들이 화사하다.

안개 같은 미세먼지
벌떼처럼 괴롭혀도
살랑살랑 봄바람에
촉촉한 봄비로 씻기우니
헐벗은 과수원이
초록빛 산에 어우러지는구나.

황사 미세먼지 심술에도
봄초록은 빛을 잃지 않는구나.

봄초록은 빛을 잃지 않는다.

[봄초록]

황사와 미세먼지, 바이러스에도
봄초록은 빛을 잃지 않으니

세상엔 희망이 있고
아직도 웃을 일이 있다.

[팬데믹]

아기의 천진한 웃음이야말로
이 험악한 세상의 백신이다.

갈수록 힘든 세상
백신 생산량을 대폭 늘려야.

[봄초록]

하늘 보며 또로록
얼굴을 씻고
해를 보며 쨍쨍
해맑게 웃는다.

[철든 저울]

나는 몰랐네.
꽃을 몰랐네.
나무를 몰랐네.
인생을 몰랐네.

오십이 되어서야
꽃이 보이고
나무가 보이고
인생을 알았네.

오십이 되어서야
아주 작은 것들과
아주 흔한 것들의
소중함을 알았네.

이제야 내 저울도
속이 차고 정밀해져
작은 것에 반응을 하니
나 이제야 조금 알겠네.
나 이제야 겨우 철이 들었네.

오십이 되어서야 꽃이 보이고 나무가 보이고 인생이 보인다.

[인생]

인생의 끝은 죽음이다.

인생은 속도가 아니라
보고 느끼는 것이다.

[지혜]

아는 것이 힘이다.

그러나
가끔 모른 척할 줄
알아야 한다.

[민낯이 아름다운 사람]

꽃이 아름다운 것은
치장을 해서가 아니다.

낮 동안 아름답던 꽃들이
밤바람에 시든 듯 보여도
새벽이 되면
이슬만으로도 생기가 돌아
아침햇살과 함께
환한 모습으로 세상을 밝히다
때가 되면
초록빛 새순을 위하여
미련 없이 바람에 몸을 던진다.

민낯이 아름다운 것은
그 마음이 아름답기 때문이다.

꽃이 아름다운 것은 치장을 해서가 아니다.

[꽃]

그대가 꽃이 되고 싶다면
많은 말이 필요 없다.

말 없는 웃음만으로 누구나 꽃이 된다.

꽃이 아름다운 것은 빨리 지기 때문이다. 때 묻을 새 없이.

[베개]

세상 고민 다 짊어진
내 가장 무거운 부위를
받쳐주는 너는 마치
누군가의 무릎 같다.

철없던 어린 시절
머리만 대면 편안히
아무것도 모른 채
잠들던 엄마 무릎

이제는 머리가 커
엄마 무릎 못 베고
푹신한 베개를 베지만
쉽게 잠들지 못한다.

착한 며느리가 있어도
엄마는 집에만 오면
베개 피를 빨고
베갯속을 베란다에 너신다.

아직도 엄마는 내 짐을 덜고자
아픈 무릎 쓰신다.

아직도 엄마는 내 짐을 덜고자 아픈 무릎 쓰신다.

[엄마 무릎]

세상에서 제일 편한
세상에서 하나밖에 없는 숙면 베개

있을 땐 소중함을 잘 모른다.

[수면]

많이 가질수록
높이 올라갈수록
질이 떨어진다.

[봄의 교향곡]

화사한 햇살이
다갈색 건반을 쓰다듬으면
풋풋한 음표들이 파릇거리고

촉촉한 봄비가
초록빛 건반을 두드리면
화려한 음표들이 피어오르고

포근한 바람이
연분홍 건반을 내달리면
각양각색 음표들이 솟아오르니

햇살과 봄비와 봄바람의
환상적인 협주로
봄의 교향곡이 완성되었구나.

악보가 머릿속에서
선명한 풍경으로 피어오르니
명곡이 머릿속에서
청아한 풍경처럼 울리는구나.

[천지창조]

아무것도 없던 황폐한 산과 들에서
햇살과 봄비와 봄바람으로
작사 작곡한 봄의 교향곡

[예술 작품]

진정한 예술은 자본에 종속되지 않는다.

[어머니 손]

어릴 적 배 아플 때
만져주던 약손으로
어머니는 어느 날 가만히
내 손을 잡으셨다.
뿌리치진 않았지만
나는 아무것도 몰랐다.

오늘은 내가
어머니 손을 잡았다.
쩍쩍 갈라지고 거친 손
온갖 냄새가 다 났다.
흙냄새와 아교 냄새
온갖 반찬 냄새와 똥냄새

내 나이 오십이 되어서야
눈뜨고 코 뚫린 것이다.

내 나이 오십이 되어서야 눈뜨고 코 뚫린 것이다.

[뜻의]

눈이 있어도 어머니 손을 보지 못했고
코가 있어도 냄새를 못 맡았다.
어머니는 장애인을 50년 동안 정성으로 키워
사람을 만드신 것이었다.

철이 든다는 것은
몸속의 부속을 정밀하게 채워가는 것이다.
작은 것들을 보고 느낄 수 있게

[블랙커피]

그 옛날 누군가
블랙커피가
인생의 쓴맛을
느낄 수 있게 해 준다 말했다.

우리 인생이
삼백 원짜리 커피 한 잔으로
가늠할 수 있을 만큼
가볍지는 않겠지만

그 사람은 몸소 가르쳐줬다.
나는 그 사람으로 인하여
인생의 쓴맛을 알게 되었고
블랙커피를 마실 때마다
인생의 쓴맛이 달달하다.

[블랙커피]

자판기에서 밀크커피를 눌렀는데
블랙커피가 나왔다.

인생은 예기치 않게 쓴맛을 보기도 한다.

[블랙커피]

인생의 쓴맛 같은 블랙커피.
요즘 젊은이들의 인생이
우리보다 열 배는 고단하다.

[믹스커피]

달달하다 느끼면 행복이고
당뇨라 느끼면 불행입니다.

행복과 불행의 환상적인 조합
한 봉지의 인생.

[몸짓]

꽃이 흔들리는 것은
바로 서기 위함이요
꽃잎이 날리는 것은
세월을 알기 때문이요
낙엽이 지는 것은
비울 줄 알기 때문이다.

오늘 어색한 나의 몸짓은
노련한 내일을 위한 몸짓이며
오늘 궁핍한 나의 몸짓은
풍요로운 내일을 위한 몸짓이며
오늘 어리석은 나의 몸짓도
현명한 내일을 위한 몸짓이니

나비의 작은 날갯짓이
내일의 태풍이 되듯
오늘 우리의 작은 몸짓은
모두 내일을 위한 것으로서
세상에 의미 없는 몸짓은 없다.

달인의 노련한 몸짓은
젊은 날 서툴고 어리석은 몸짓의 결과이다.

[달인]

처음부터 달인이 되는 사람은 없다.

무수히 많은 실수와 실패를 통해
자신만의 비법을 통달해야
비로소 달인이 되는 것이다.

[몸짓]

세상에 의미 없는 몸짓은 없다.

고개를 들고, 몸을 뒤집고, 구르는 것도
아기의 성장에 반드시 필요한 하나의 과정이다.

[무지개]

비가 내린다고 무지개가
항상 뜨는 것은 아니지만
무지개가 뜨면
누군가는 울었다.

흐린 창밖으로
물의 눈물 같은
보이지 않는
작은 물방울들의 희생

비에 휩쓸리지 않으려
허공을 움켜잡은 채
빛에 꿰뚫리고 산란되는
남모를 고통 속에
피어나는 희망.

마른 하늘에는 꽃이 피지 않는다.

마른 하늘에는 꽃이 피지 않는다.

[무지개]

작은 물방울들이
허공을 움켜잡은 채
빛에 꿰뚫리고 산란되는
고통 속에 피워내는 희망.

비가 내리는 날
내 눈에 무지개가 보이지 않는 것은
나에게 아직 환경이 조성되지 않았기 때문이다.

3장

———

열매를 익히고

[초록의 성인식]

추위와 암흑 속에서
오랜 세월 견디다
마침내 어느 해 봄
생사의 경계를 뚫고 나온 날
세상은 밝고 촉촉하면서도
모호한 먼지투성이였다.

색이 무언지도 모르던 때
내가 성장하는 것
나를 성장시키는 것은
비와 모래바람을 맞고
뜨거운 태양을 삼키고
새들의 부리를 피하는 것이었다.

구십일 동안 밤낮으로
나를 지키며 커가던 어느 해
뜨거운 햇살 비추는 어느 날
사람들은 나를 녹음이라 불렀다.

성인이 된다는 것은 자신의 색을 갖는 것이다.

[성장]

화려함을 버리고 내실을 다진다.

봄을 보내고 기꺼이 여름을 맞는다.

[성장통]

꽃이 지지 않는다면 열매가 맺지 않고

폭염과 찬바람 없이 열매는 익지 않는다.

[담쟁이]

함께 간다는 것은
서로를 위하여
아무도 모르게
천천히 가는 것이다.

담쟁이가
움직이는 것을
본 사람은
아무도 없지만

결국 담쟁이가
함께 담을 오르고
온 세상을
덮는 것처럼.

담쟁이는 자신이 움직이는 것을 아무에게도 보여주지 않는다.

[벽]

나는 그 자리에 그냥 서 있었다.

장애물이 될지 성장판이 될지는
그대 마음에 달렸다.

[담쟁이]

함께 간다는 것은
서로를 위하여

아무도 모르게
천천히 가는 것이다.

[나비효과]

나비의 날갯짓이
지구 반대편에서
태풍을 일으키듯
세상 모든 일엔 원인이 있다.

지금 내 맘에 이는 바람은
언젠가 꽃을 보러 가던
나비의 날갯짓 때문이고,
수시로 내 머릿속에 떠올라
미소 짓게 하는 추억들은
나비의 열정 때문이다.

비 오는 날 가끔
나를 우수에 젖게 하는
아련한 그리움은,
지워지지 않는
한 송이 꽃에 대한
나비의 기억 때문이다.

그 옛날 우리의 청춘은 한 마리 나비였다.

[썸]

너와 나 사이
정해지지 않은

어떤 가능성

뻔한 것은 아무것도 없는 것이다.
청춘은 정해지지 않았기에 아름답고 설레는 것이다.

[바람]

세상살이 재미없고 답답할 때
바람이 좀 불어줬으면 할 때가 있다.

그런데 바람은
가만있는데 불지는 않는다.
안에서 뜨거운 것이 가득 차
터질 듯 부풀어야 비로소 부는 것이다.

꽃이 아름답게 피어
사람들의 가슴을 뛰게 만들었기에
봄바람이 불고,
간밤에 나무가
별을 보고 꿈에 부풀었기에
산에서 바람이 불어오는 것이다.

뜨거운 열망으로 기압 차가 생겨야
비로소, 바람이 부는 것이다.

뜨거운 열망으로 기압 차가 생겨야 바람이 분다.

[바람]

기압 차가 없다면 바람은 불지 않는다.

변화를 원한다면
뜨거운 열망으로 가슴을 채워라.

[바람]

생물은 바람을 맞으며 커가고
무생물은 바람에 깎여 작아진다.

모든 변화는 바람의 결과지만
마음먹기에 따라 달라진다.

[눈을 감아도]

해가 져 어둠이 밀려오고
하늘에 먹구름이 가득 차도
가까이 서면 다 볼 수 있지.

별은, 그 어떤 어려움도
그 어떤 장애물도 뚫고
그 사이로 빛을 보내니까.

보이지 않는다고
별이 사라진 건 아냐.
우리의 꿈, 우리의 희망

눈을 감아도 빛은 느껴지는 거야.

눈을 감아도 빛은 느껴지는 거야.

[희망은 있다]

세상이 아무리 암울해도
별이 뜨고 태양이 뜨는 한
꿈이 있고 희망이 있다.

모든 고난은 살아남은 자들의 무용담에 지나지 않는다.

[버팀목]

글자 그대로
서로 기대어 서는 것
그것이 사람이다.

사람은 서로
기대며 사는 것이다.
기댈 데가
하나라도 있는 사람은
넘어지지 않는다.

절대 사람을
마지막까지 몰지 말 것이며
누군가 살며시 기대어오면
어깨도 내주고
기꺼이 받쳐주라.

우리는 모두
누군가의 버팀목이며,
어쩌면 내가
그의 마지막 버팀목일지 모른다.

우리는 모두 누군가의 마지막 버팀목이다.

[버팀목]

누군가의 버팀목이 된다는 것은

결국 자신이 버팀목을 갖는 것이다.

자살하려는 사람은
반드시 어떤 조짐을 보인다.
머뭇거리며 던진 한마디 말이
지푸라기라도 잡으려는 시도이다.

[행복]

철없던 소년이 해맑은 모습으로
행복을 찾아 나섰다.

아름다운 꽃들과
예쁜 새들이 노래하는
맑은 숲에도 가보고
행복을 찾을 수 있는
방법을 알려준다는
학교에도 가보고
행복의 열쇠가 된다는
황금을 캐기 위해
회사에도 가보고
함께 찾아 나설
동반자를 만나
아이들도 함께했다.

긴 여정에서 돌아와
철이 든 지금 돌이켜보니
참으로 많은 행복을 찾았다.
알고 보니 행복은,
내 발밑의 풀꽃들과
빙그레한 추억이었다.

행복은 일상의 작고 사소한 것에 있다.

[백미러]

뒤돌아보지 마세요.

행복은 우리가 생각하는 것보다
훨씬 가까이에 있답니다.

[모기지 인생]

모기는 목숨 걸다 한 방에 죽고
엉끌 올인 온 가족 패가망신한다.

모기처럼 살지 말자.

희귀한 보석은 근심을 초래하고
멀리 있는 것은 우리를 짓누르는 목표지
행복이 아니다.

[달과 별]

달은 외롭고 서러우니,
가을밤 홀로 달을 보면
괜한 외로움과 서러움에 사로잡히고

별은 꿈이자 희망이니,
암흑 속에서 별을 보면
간혹 길이 보이고 근심이 사라진다.

외로움과 서러움에 뒤척이다
밤을 뜬눈으로 지새우면
달은, 가끔 낮에 뜨기도 하지만

깜깜하고 고단한 밤
사람들에게 꿈과 희망을 준 후
별은, 새벽 일찍 은하수 너머로 진다.

그래서 낮에는 별이 뜨지 않는다.

낮에는 별이 뜨지 않는다.

[별]

스스로 누군가의 외로운 창문을 두드리는 자

그대가 곧 별이다.

[초코파이정]

달은 태양에 반사되어
밝기만 할 뿐 온기가 없지만

별은 스스로 빛을 내기에
아무리 희미해도 정이 있다.

[장마]

그거 아니?

네 웃음이
장마철에 잠시 비친
햇살 같다는 걸.

네가 우울하면
내 가슴에 장마지거든.

세상살이 힘들 때 그대의 웃음이 바로 한 줄기 햇살이다.

[그대 미소]

암울한 세상을
찬란하게 밝히는

한 줄기 햇살

[미소 씨앗]

신은 들판에 꽃을 심지 않았다.

들판에 꽃밭을 만든 것은
바람에 날려온
민들레 홀씨 하나다.

[별]

한 줄기 빛을
세상에 보내고자
얼마나 많은 세월
자신을 불살랐을까?

한 줄기 희망을
세상에 보내고자
얼마나 많은 세월
먼 길을 달려왔을까?

억겁의 세월 동안
자신의 몸을 불살라
꿈을 주고 희망을 주는
성스러운 광채.

오늘도, 너를 본다.

세상 모든 별들이 그대를 바라보고 있다.
그대가 꿈을 잃지 않도록.

[별]

우리가 어둠 속에서 길을 잃지 않는 것은
그대가 누구든, 어디에 있든
별이 그대 앞길을 밝히고 있기 때문이다.

[별]

누군가는 너를

꿈이라 부르고
사랑이라 부르고
희망이라 부른다.

[어머니 품]

종이에 살짝 베여도
피가 나고 아픈 법인데
껍질을 벗기고 구멍을 파
사각의 창을 박는다.

어느 날 옥상에서 문득
도시를 본 풍경이다.
온 땅이 사각의 못
사각의 창투성이다.

너는 그렇게 배에
커다란 못과 창을 박고도
믿음과 희망을 버리지 않고
우리를 안아주고 있었구나.

그래서 해가 네 머리를 넘을 때
눈시울이 붉어지는 것이었구나.

해가 산을 넘으며 눈시울을 붉히는 것은
어머니 품에 박힌 못 때문이다.

[노을]

하늘도 안다.

어머니 가슴에
얼마나 많은 대못이 박혀있는지.

[어머니 품]

커다란 빌딩들이 대지 깊숙이
머리를 처박고 있고,

그 위에는 노을이
핏물처럼 번지고 있었다.

[안개 속 여정]

세상은 갈수록
혼탁해지고
살림살이 점점
팍팍해지니

날씨가 맑고
호수가 없어도
안개가 종종
자욱하게 낀다.

한 치 앞도 안 보이는
우리네 삶이
안개에 휩싸인
세상과 같으니

미세먼지 자욱한
오늘 같은 날에는
긴 숨에 한 발
내딛기가 어려워

산도 고개를 숙이고
바다는 수심에 잠긴다.

산도 고개를 숙이고 바다는 수심에 잠긴다.

[안개 속 여정]

자욱한 안개와 미세먼지,
긴 숨에 한 발 내딛기가 어려워

[안개 속 여정]

산도 고개를 숙이고
바다는 수심에 잠긴다.

안개 속을 헤쳐 가는 것이 삶이라고,
이제껏 잘 헤쳐오지 않았냐는
별들의 위로의 말도,
오늘은 안개 속에서 길을 잃고
웅웅 거리고 있다.

[흑백사진]

화려한 꽃이
예뻐 보이고
화려한 인생이
좋아 보여도

화려한 꽃에는
벌레들 꼬이고
화려한 인생은
질 때 서럽다.

화려하지 않아도
들꽃은 아름답고
박물관 흑백사진은
감동이 묻어나오니

색깔을 빼면
들꽃처럼 수수해지고
색깔을 빼면
은은한 감동이 남는다.

색깔 좀 빼면,
낡아도 봐줄 만하다.

색깔 좀 빼면 낡아도 봐줄 만하다.

[흑백사진]

나이가 들면
알아달라 발악할 게 아니라
은은하게 묻어나야 한다.

색깔 좀 빼면 낡아도 봐줄 만하다.

[흑백사진]

자기 주장을 너무 내세우면 목소리만 커지고
낡은 소품을 칼라로 찍으면 흠만 드러난다.

흑백이 더 어울리는 풍경이 있다.

[중용]

세상엔 흑과 백
오른쪽과 왼쪽
생과 사가 있고
우리는 그 속에 산다.

흑과 백 사이 무수한 색
좌와 우 사이 무수한 시각
삶과 죽음 사이 무수한 날
그 시작과 끝 사이를 산다.

무수히 많은 색의 꽃과 나무
무수히 많은 길과 바람
아이와 청년과 노인이
시작과 끝 사이를 산다.

생과 사 사이의 무수한 날
해가 떠서 해가 질 때까지
다 함께 부대끼며
시작과 끝이 아닌
시작과 끝 사이를 산다.

흑과 백 양극단에는 무지개가 뜨지 않는다.

[중용]

기후든 정치든 극한으로 치달으면 재앙이 된다.

세상의 재앙을 극복하려면 중용의 무지개를 띄워야 한다.

[아름다운 삶]

결과만 중시한다면 천국도 죽음에 불과하다.

천국으로 가는 과정이 아름답고 그것이 삶이다.

[새도 가끔은]

새가 언제나
날고 있을 거라 생각하니?
새도 종종걸음 할 때가 있어.

새도 가끔은
날개를 접고 잔잔한 호수를
감상할 때가 있고

새도 가끔은
날개를 접고 호숫가를
걷고 있을 때가 있지.

낮의 그 열정적인 새도
아마 지금 어느 나무 위에서
하루를 접으며 쉬고 있을 거야.

조급하게 생각하지 마.
멀리 갈 새가 아니면
결코 직선으로 날지 않거든.

멀리 갈 새가 아니면 결코 직선으로 날지 않는다.

[축구]

공만 보고 쫓아가서는
축구를 잘할 수 없듯

앞만 보고 빨리 달린다고
잘 사는 것이 아니다.

날개가 있다고 새가 항상 날지는 않는다.

[멋진 별]

이 세상에 태어나
나로 살아간다는 것
내 이름으로 산다는 것
내 스스로 빛을 낸다는 것
정말 멋지지 아니한가?

온실 속의 화초는
비닐 속에서는 크고 예쁘지만
바람에 비닐이 벗겨지면 처참하다.
바람막이 하나 없이 태풍을 이겨내는
억새는 또 얼마나 아름다운가!

제아무리 밝아도
스스로 빛을 내지 않는다면
별이라 부르지 않는다.

사람의 재능과 성공은 유전자에 좌우되는 것이 아니다

[멋진 별]

재능과 성공은 유전자에 좌우되는 것이 아니다.
차범근, 박지성, 손흥민

오롯이 자신의 힘으로
새로이 역사를 창조하는 자,
그대가 멋진 별이 될 것이다.

[구걸]

결과로 말하는 자는 남과 다투지 않는다.

부족하기에 구걸하고
이루지 못했기에
알아달라 구걸하는 것이다.
입으로.

[구토]

그리움을 비우고자
잔을 따랐는데 술잔에
네 얼굴이 떠오르고

너를 비우고자
잔을 비웠는데 온몸에
열병이 번지는구나.

열병에 대한 처방으로
빛깔 좋은 안주를 먹었는데
약효는 없고

흔들리는 술잔에
다시 너를 채워 비우니
내 속이 너로 꽉 차는구나.

지구가 돌아
너 흔들거리고 나 울렁거리니
이제는 너를
세상에 예쁘게 뿌려주련다.

너를 비우고자 잔을 비웠는데 온몸에 열병이 번지는구나.

[잠겨 든 사랑]

옹달샘이 호수가 되고
바다가 되었으니
영원히 내 안에 잠겨

비만 오면 울렁거린다.

사랑은 소중한 것을 아끼는 법을 알려주지만
이별은 잊고 있던 소중한 것들을 새롭게 깨닫게 한다.

[곡선의 미]

강물이 휘돌아 가지 않는다면
홍수가 모든 것을 쓸어갈 것이요
사람의 척추가 휘지 않는다면
머리에 짓눌려 부러질 것이니

강물이 휘돌아 흘러가는 것은
주변 생태계를 지키고자 함이요
세상을 골고루 적시고자 함인데
더불어 강물 자신을 정화시키고

사람이 고개를 숙이는 것은
사람에 예를 표하는 것이요
세상에 겸손을 표하는 것인데
더불어 자신을 건강하게 만든다.

자연과 인체는 그렇게
세상과 주위를 배려함으로써
스스로 휘어지나니,
그로 인해 만들어지는 곡선은
얼마나 아름다운가.

몸과 마음에 병이 있는 사람은
결코 아름다운 인사를 할 수 없다.

[인사]

약육강식의 수렵시대
적이 아님을 알리는 방법

인사를 잘 하지 않는 그대
내 적이란 말인가?

[겸손]

덜 익은 벼는 스스로 숙이지 못한다.

안 그래도 볼잘 것 없는
내가 먼저 고개 숙이면
남들이 얕볼까 봐.

[빛을 찾아]

세상에 완벽한 어둠은 없다.
저 광활한 밤하늘에도
달과 별이 있어 밤을 밝히고
지상에도 무수히 많은 불빛들이
어둠을 밝힌다.

어쩌면 완벽한 어둠은
밀폐된 내 속에 있다.
우리는 어둠을 벗어나고자
자신을 빠져나와
끊임없이 걸으며 하늘을 보고
사람들을 만난다.

해와 달과 별을 통해
빛을 받아들이고
사람들의 눈동자를 통해
마음의 등불을 보는 것이니,
나 오늘도
희미한 등불을 켜고
빛을 찾아 나선다.

나 오늘도 희미한 등불을 켜고 빛을 찾아 나선다.

[포기하지 마]

절망은 희망 찾기를 포기하는 것
그대가 포기하지 않는 한 절망은 없다.

[빛을 찾아]

세상에 완벽한 어둠은 없다.

사람이 스스로 걸어 잠그지 않는 한.

[등대]

낮에는 한 폭 그림에 푹 빠져
주인공인 양 사진이나 찍다가
밤이 되어 차가운 어둠에
등골 서늘해지니 자식 걱정되느냐.

낮 동안 관광객들 흥을 맞추어도
너 또한 기다리는 부모 마음일 테지.
태평양 원양어선 대서양 간 화물선
고깃배와 유람선 모두 네 자식임을.

오늘도 너는 홀로 밤을 지새우며
밤길을 비추는구나.
기다리는 가족들의 마음까지 환하게.

오늘 밤도 짙은 어둠과 함께 등대의 불빛은 깊어간다.

[등대]

제가 이 암울한 세상을
겁 없이 헤쳐 나갈 수 있는 것은

언제나 그 자리서 불을 비춰주는
당신이 있었기 때문입니다.

[등대]

홀로 밤을 지새우며 밤길을 비추는구나.

기다리는 가족들의 마음까지 환하게.

[그대에게]

나, 그대 향한 그리움으로
심장이 뛰고 피가 돌고 있으니

어쩌다, 파란 하늘이
그대 눈을 시리게 한다면
아마 나, 그대와의 추억을
회상하고 있을 것이오.
어쩌다, 비가 적당히 내려
그대 마음을 촉촉이 적신다면
나, 그대와의 추억에 젖어
잔을 들고 있을 것이오.
잔잔히 비를 뿌리던 하늘이
천둥번개가 치고 폭우가 쏟아진다면
나, 술에 취해, 추억에 취해
목 놓아 그대를 부르고 있을 것이오.

어쩌다, 아주 어쩌다,
세상이 해도 달도 뜨지 않는
암흑천지가 된다면
내가, 드디어 내가 그대를,
그대를 잊은 줄 아오.

오늘도 추억은 가로등 불빛처럼 켜진다.

[여행]

여행은 돈과 시간으로 하는 것이 아니다.
용기로 출발하여 열정으로 페달을 밟는 것이다.
사랑, 너도 그랬다.

[순정]

그대
여전히
거기 있었구나.

아무도
열어볼 수 있는
내 속에.

[나는 바다로 간다]

나는 바다로 간다.
어쩌면 나는
평생을 바다로 흐를 강이다.

하늘에서 한 방울의 물로 태어나
산과 계곡 들판을 흐르고
어딘지 모를 강을 따라간다.
이젠 부유물이 늘었지만
조약돌과 늪, 물풀을 헤치며
나를 정화시켰기에
악취는 나지 않는다.
가끔 구정물이 흘러도
담담하게 받아들일 만큼
강물은 넓어져
이젠 바다로 간다.

생명의 원천을
더럽히지 않도록
모래와 늪, 물풀에 나를
매일 정화시켜야 한다.
나는 평생을 바다로 흐를 강이다.

흐르지 않고 안주하면 결국 썩는다.

[삶]

한 방울의 물이 바다로 흘러가는 여정.

[깊이]

바다는 고향을 묻지 않는다.
얕기에 고향과 출신을 따지는 것이다.

[마음의 샘]

문득 스치는 빗물에
울음 삼키는 그대여!
문득 떨어지는 꽃잎에
눈물 훔치는 그대여!
문득 스치는 바람에
울음 삼키는 그대여!
문득 떨어지는 낙엽에
눈물 훔치는 그대여!

그대의 울음은
그대의 마음을 정화시키고
그대의 눈물은
정화된 마음의 결정이니
그대가 울면
마음에 샘이 생기고
그대가 눈물 흘리면
맑은 샘물이 고이지요.

오늘 밤
별빛 서늘한데
그대, 그대 또 울었는가!

울음은 사람의 마음을 정화시키고
눈물은 정화된 마음의 결정이다.

[울보]

어릴 때 울보라 놀림 받던 아이
감정이 풍부하고 깨끗했던

그 아이가 그립다.

눈물 많은 사람이 더 크고 더 맑은 별을 본다.

[진주]

나 그대를 사랑하여
오랜 세월
품에 안았소.

나 그대를 품에 안고
사랑의 눈물
기쁨의 눈물을 삼키고

나 그대를 품에 안고
이별의 눈물
그리움의 눈물을 삼켰소.

그대 없는 모래알 세월
눈물을 삼켰더니
영롱한 진주가 맺혔소.

누구도 캘 수 없는
가슴속 깊은 곳에
영원히 키워나갈.

사랑을 한다는 것은
가슴 속에 영롱한 진주 하나 잉태하는 것이다.

[진주]

한 줌 빛도 들지 않는
세상 가장 낮은 곳에서
말 못 할 고롱 속에 된 꽃

가공하지 않아도 빛난다.

[이별]

열차를 놓친 후
1분 1초의 소중함과
열차를 놓치지 않는 방법을 깨닫고
기다림을 통해 영혼을 살찌웠다.

[도시에 뜨는 별]

그동안 모은 돈과 퇴직금에
은행 대출까지 받는다.
목 좋은 곳을 잡아 인테리어를 한 후
좋은 이름 사서 별을 건다.

그렇게 걸린 별들이 도시의 밤을 밝히면
꿈과 추억을 찾는 사람들이
그 별들을 스쳐가지만 정작
별들에 매달린 꿈은 보지 못한다.

어떤 별에는 50대 가장과 그의 부인
어린 학생들의 꿈이 매달려있고,
어떤 별에는 30대 신혼부부의
풋풋하게 부푼 아름다운 꿈이 매달려있다.

별은 영원한 것인데
그 별은 한 번 지면 다른 별이 뜬다.
그 자리에서 사라져간 별과
그 별과 함께 진 꿈들을 아랑곳 않고
오늘도 또 다른 별이 뜬다.

그 별과 함께 진 꿈들을 아랑곳 않고 오늘도 또 다른 별이 뜬다.

[네온사인]

폐회 후
모든 것을 태운 최후의 희망별

별은 영원한 것인데
오늘도 또 다른 별이 뜬다.

[별똥별]

소원을 빌면 이루어지는 별똥별처럼

도시의 별들이 질 때도
모두의 소원을 이뤄주기를.

4장

속을 비운다

[등짐]

짐이 있어 중심을 잡고
짐이 있어 바로 설 수 있었네.
짐이 있어 똑바로 걷고
짐이 있어 흔들리지 않았네.

사람 사는 세상에는
무수히 많은 짐이 있고
무수히 많은 책임이 있지만
마음먹기에 따라
그 모든 것이 기쁨이요
생각하기에 따라
그 모든 것이 선물이라네.

그대, 지금 등짐이 무거운가?
목적지에 도착하면
그 짐이 곧 기쁨이요
선물인 것을.

산을 오르고 나면 배낭 속의 짐이 곧 보람이요 기쁨이다.

[등짐]

가족이란 등짐으로 인해
바르게 날 수 있었으니

목적지에 도착하면
그 짐이 곧 보람이요 선물이다.

등짐이 무거우면 허리가 굽어지듯
삶의 무게를 느끼면 스스로 겸손해진다.

[안개꽃]

깨끗한 마음
소박한 마음

아기의 숨결
안개로 피어

내 언저리를
내조했으니

가녀린 꽃이여!
순결한 꽃이여!

계절 지나
나 야위어가도

나 그대로 인해
아름다웠소.

나 그대와 함께
행복하였소.

안개꽃은 공을 뽐내거나 이름을 탐하지 않는다.

[청춘]

사랑은 안개처럼 장미를 감싸는데

시들기 전에는 사랑을 모른다.

[안개꽃]

남자들이 사회에서
장미꽃이라 뽐내고 다니는 것은
집 안에 안개꽃이 있기 때문이다.

[새로운 시작]

활짝 핀 꽃은
세월의 흐름을 알고
속이 꽉 찬 열매는
삶의 무게를 알기에

꽃은 때가 되면
꽃잎 떨구고
열매는 속이 차면
씨를 뿌린다.

꽃이 지는 것이
시작임을
열매 지는 것이
새로운 시작임을 알기에

활짝 핀 꽃은 미련 없이
바람에 봄을 던지고
속이 꽉 찬 열매는
사정없이 땅바닥에 떨어진다.

꽃잎이 밟히고 열매가 깨져도
나무는 눈물 흘리지 않는다.

모든 것을 포기했을 때의 느낌으로 다시 시작하라.

[새로운 시작]

열매가 떨어져야 씨를 뿌리듯
모든 떨어지는 것들은
마지막이 아니라 새로운 시작이다.

[끝과 시작]

모두가 끝이라고 느낄 때
나락으로 떨어지는 그때
새롭게 시작하는 것이다

[뒷모습]

뒷모습이 아름다운 그대여!
앞모습을 보지 못했지만
그 모습 능히 짐작 간다오.

사람들은 앞모습만 보느라
뒷모습 예쁜 사람을
외면하거나 조롱하는데

앞모습은 성형으로 바꾸고
화장으로 치장이 가능하나
뒷모습은 치장도 어렵지요.

머문 자리에 남겨진 향기는
쉬이 느껴지지 않지만
결코 감출 수는 없지요.

마주 서면 볼 수 없지만
돌아설 때 살짝 비치거나
떠나고 난 빈자리에 피어나는
은은한 수묵화 같은 것이랍니다.

떠나고 난 빈자리에 피어나는 은은한 수묵화.

[뒷모습]

건강한 사람은 뒤태가 아름답고

좋은 인연은 뒷모습이 아름답다.

[뒷모습]

세상 모를 땐 앞모습을 보고
실망하는 경우가 많았다.
나이가 드니 앞모습이
전부가 아니란 걸 깨닫는다.

이젠 굳이 쫓아가 확인하지 않는다.

[끝없는 그리움]

보고 싶은 사람아
이제는 볼 수 없어
더욱 그리워지는 사람아!
그대 눈동자 별이 되고
그대 숨결은 바람 되고
그대 마음 하늘이 되었구료.

나 그대가 보고프면
밤하늘의 별을 보고,
그대 숨결 그리우면
그대 떠난 언덕에 올라
온몸으로 바람을 맞고,
그대 마음 그리울 땐
그대 떠난 하늘 보며
온종일 서성인다오.

별빛 푸른 어느 날
한 줄기 바람이
그대를 파고든다면
아직 나 그 언덕에
아직 나 그 언덕을.

그대는 별이 되고 바람 되어 아직 나를 감돈다.

[끝없는 그리움]

그대는 별이 되어 빛나고
찬바람 되어 파고 드니

아직 나 그 언덕에,
아직 나 그 언덕을.....

[끝없는 그리움]

세월 지나 그대는 나를 잊었을지라도

아직 나 그 언덕에 아직 나 그 언덕을.....

[나무의 연서]

나무는 그녀에게
무슨 말을 하고 싶었던 것일까?
계절이 다 가도록
하지 못한 말들은 결국
엽서에 담겨 보내진다.

그녀를 사랑했던 마음
숨겨왔던 그 마음은
붉은 엽서에 담겨 보내지고,
그녀를 원망했던 마음은
갈색 엽서에 담겨 보내지고,
그녀를 그리워했던 마음은
노란 엽서에 담겨 보내진다.

어느 가을 어느 땅에서
색색깔의 엽서를
그녀가 받아 보겠지만,
그녀가,
그녀가 나무의 언어를 알까?

올가을도 낙엽이 지는데 그녀가 나무의 언어를 알까?

[연서]

세상에 안타깝게 헤어지는 연인이 있었다면
나무들이 저렇게 속으로 애를 태우며
나뭇잎을 아름답게 물들이지 않을 것이다.

나무는 그렇게 못다 한 말들을 색색깔의 엽서에 담아
그대에게 보내는 것이다.

[나의 그림]

가을인데 햇볕이 아직 따갑다.
등줄기로 땀이 줄줄 흐른다.
어쩌면 우린 그 땀을 먹물 삼아
손과 발 온몸으로 삶을 그리는지도.

봄날 한 때 어리석게도
모작(模作)을 부러워하거나
식은땀을 묻히기도 했지만
대부분 나의 손과 발
온몸을 사용하여
이마의 굵직한 땀방울로
멋지게 그려왔다.

이제 내 그림의 여백이
얼마나 될지 모르지만
오늘도 흐르는 등줄기를 원천으로
손발에 땀을 적시고 있다.

등줄기의 땀을 먹물 삼아 손과 발 온몸으로 인생을 그린다.

[나의 그림]

등줄기의 땀을 먹물 삼아
그림을 그린다.

누구도 흉내 낼 수 없는
나만의 그림이다.

[나의 그림]

남의 땀은 냄새난다.

자신의 땀으로
진솔하게 그려가는 인생이야말로
깨끗하고 향긋한 나만의 그림이다.

[택배]

세월이 지났다고
널 잊을 수 있을까?
세월이 지난다고
널 잊을 수 있을까?

하루는 더디 가도
세월은 간 곳 없고
세월이 간다 해도
잊을 수가 없으니
하루하루 그리움이
매일매일 생겨나니
세월 속에 실려 가도
지워지지 않는구나.

그대 얼굴 그대 마음
세월 따라 잊혀가도
하루하루 그리움이
매일매일 쌓여가니
세월 속에 그대 모습
고속버스 타고 가도
그대 향한 그리움은
택배처럼 오는구나.

청춘은 고속버스 타고 가도 그리움은 택배처럼 오는구나.

[택배]

해물탕도 포장된 채 달리는데

추억은 머릿속에 잠기고
그리움이 가슴에 맴돌져도

아무것도 부칠 수가 없구나.

[택배]

택배로 그리움을 부칠 수 없고
추억을 부칠 수 없고
함께 먹던 해물탕도 부칠 수 없는데
그리움은 택배처럼 오는구나.

[가족]

우리는 모두
누군가의 별로
이 땅에 왔다.

나이 먹으며
세파에 찌들어
잊고 살았을 뿐
어느덧 내게도
별들이 생기니
알겠다.

어느새 내가
쌍둥이별이 되고
소중한
작은 별들과
큰 별이
서로를 향해
반짝이고 있음을.

가족은 서로가 꿈이요 희망이요 별이다.

[가족]

걸리적거리는 것이 많은 세상,
내가 넘어져도 다시 일어설 수 있었던 것은

내 옆에 너가 있었기 때문이다

우리는 모두 하나의 소중한 별이다.
우리가 사람들을 만나 친구가 되고
결혼을 하고 사회를 이루는 것은
별들이 은하수를 형성하는 것과 같다.

[소꿉놀이]

해님이 친구들에게
살갑게 다가가자
꽃이 미소 지으며
반갑게 맞이하고
나무는 엄마처럼
과일을 내어온다.

그 광경을 본 하늘이
파랗게 웃으며
솜사탕을 만들자
마음 넓은 바람이
나눠 준다며 새털처럼
흩어 놓는다.

저녁이 되자 아쉬워
다들 풀이 죽는데
해님은 가기 싫어
눈시울 붉히다
남은 친구들을 위해
등 뒤로 은은하게
전등을 켠다.

세상은 아름답고 자연은 순진하여
여전히 소꿉놀이를 하고 있다.

[소꿉놀이]

순진하던 그녀와 내가
부부가 되어
알콩달콩 지지고 볶던
심쿵한 놀이.

언미, 혜경이, 춘경이

[자유인]

신령한 산봉우리
맴돌던 구름

어느 바람 불던 날
사라지더라.

그 바람이 어느 날
계곡풍 되니

따스한 봄날 나도
구름이 될까?

높푸른 가을 나도
바람이 될까?

따스한 봄날 나도 구름이 될까?
높푸른 가을 나도 바람이 될까?

[욕심]

흰 구름이 물을 머금으면 먹구름이 되고
바람이 먹구름을 품으면 태풍이 된다.

욕심을 품는 순간 험악하게 변하여 해를 끼친다.

[자유인]

가진 것이 적을수록
욕심이 적을수록
사람은 자유로워진다.

바람처럼 구름처럼.

[손잡이]

세상은 누구나 홀로 가기
외롭고 힘들기에
우리는 모두 서로서로
손잡아 주기를 기다린다.

최고의 권력과 황금으로
화려하게 살던 사람도
한순간 허무하게 가듯
오늘 하루 즐거워도
밤 되면 손이 허전하다.

종일 많은 손을 잡았지만
텅 빈 지하철 막차
손잡이는 여전히 흔들리고 있다.

오늘 하루 즐거워도 밤 되면 손이 허전하다.

[손잡이]

사람은 누구나 혼자는 외로워 흔들린다.

누군가의 손잡이가 되는 순간
그대는 혼자가 아니다.

누군가의 손잡이가 되는 순간 그대도 넘어지지 않는다.

[가을 되면]

아름답던 봄날의 꽃들이
가을 되니 나무에 아른거리고,
찬란하던 여름날 별들이
가을 되니 나무에 아롱거린다.

아름다운 꽃은 너에게도 있고
찬란한 별은 나에게도 있으니,
가을 되면 우리 모두
나무에서 꽃을 보고
나무에서 별을 본다.

가을 되면 우리 모두
지는 꽃이 그립고
지는 별이 아쉬워
점점 짧아져 가는 계절,
우수에 젖은 눈빛만
시리도록 허공을 더듬는다.

점점 짧아져 가는 계절,
우수에 젖은 눈빛만 시리도록 허공을 더듬는다.

[별이 된 사랑]

별똥별 되어 떨어지는 빨갛고 노란 추억들.
우리의 사랑은 별이였습니다.
가을이 깊어가니
식어버린 추억들이 떨어져 밟힙니다.

[가을]

아름답던 봄날의 꽃들이
가을 되니 나무에 아른거리고
찬란하던 여름날 별들이
가을 되니 나무에 아롱거린다.

[외로움]

그래! 외로움은
나를 중심으로
주위를 응집해가는
이슬 같은 것이었어.

서늘한 어둠 속
가녀린 풀잎 위에
밤새워 맺히는
동그란 물방울

홀로 보석처럼
맑고 아름답게
빛나기도 하지만
언제나 외롭기에,

누군가 흔들어
함께 굴러가거나
따듯한 햇살과 함께
날고 싶어 할지 모른다.

밤의 고독 속에서 자아를 형성하여
아침햇살 아래 찬란하게 부서지는 이슬.

[외로움]

이슬은,
누군가 흔들어
함께 굴러가거나

[고독]

따뜻한 햇살과 함께
날고 싶다.

어두운 밤
상념의 심연 속에서
자아를 형성하여

아침 햇살 아래
찬란하게 부서지다.

[별의 길]

당신의 이름에서
꿈을 떠올렸고
당신의 빛을 보며
희망을 생각했고

당신의 사랑에서
용기를 북돋웠고
당신의 희생에서
내가 가야 할 길을

당신의 지나온 길에서
의지를 채워 넣고
당신의 영원함에서
그 길이 옳음을

사람들 눈을 보며
우리 함께 존재함을,
그 믿음과 확신이
내 가슴속 별을 밝히고
두근거리게 만들었습니다.

별은 결코 쉬운 길을 택하지 않는다.

[나의 길]

이름에 연연하지 않고 별처럼
들꽃처럼 나의 길을 간다.

[별의 길]

나의 길을 간다는 것만큼
사람을 당당하게 만들고
황홀하게 만드는 것은 없다.

별처럼 빛이 난다.

자신의 모든 것을 태울지라도 별빛에는 한 점 후회가 없다.

[사랑 나무]

사랑이란
내 가슴속에 다른 사람을
심는 것이다.

내 가슴속 뜨락에
타인의 외로운 묘목 하나 심어
뿌리내리는 것이니

내 토양에 거부반응 보이지 않게
따듯한 마음으로 잘 덮고
잘 토닥여야 한다.

여린 새순이 올라오면
메마르거나 덧나지 않게
항상 가슴을 촉촉하게 채우고

나무의 몸통이 커 가면
흔들림 없이 아름답게 크도록
사랑의 양분을 듬뿍 뿌려줘야 한다.

가끔 가슴이 아파오는 것은
사랑이 뿌리내리고 성장하는 과정이니
기꺼이 참아낼 줄 알아야 한다.

사랑이란 내 가슴 속에 아름드리나무 하나 심는 것이다.

[사랑]

내 가슴 속에 아름드리나무 하나 심는 것.

나무가 클 땐 비바람과 태풍이 불기 마련이다.

[사랑나무]

비바람을 맞지 않고 크는 나무는 없다.

비바람을 맞고
태풍과 한파를 맞으며 성장한다.

[소꿉친구]

동네 큰집 툇마루
단둘이 앉아
종아리를 흔들며
유행가를 불러주던
그리운 친구야.

찾으려면 찾겠지만
일부러 찾지 않는 건
우리의 풀빛 추억에
세상의 때를
묻히고 싶지 않기 때문이야.

떠올리는 것만으로
현실을 잊고
미소 짓게 만드는
너와의 추억을
잃고 싶지 않기 때문이지.

너는 영원히
나의 한 송이
들국화로 남았으면 해.
내 추억 속 소꿉친구야.

[소꿉친구]

때 묻지 않은 순수의 기억은
절망 속에서도 미소를 만들어 낸다.

[강아지풀]

세상이 아무리 변해도
동심을 버리지 않는다면
아름다운 것들은 변하지 않는다.

여전히 손바닥에서 꼬리치고 있다.

[누구나 상처는 있다]

세상 모든 꽃들은
폭염에 잎이 시들고
태풍에 꽃잎 떨구고
혹한에 서리를 맞고

세상 모든 나무들은
폭염에 잎이 시들고
태풍에 가지 잘리고
혹한에 얼어붙으니

폭염과 태풍과 혹한은
세상 어디에나 있고
살면서 그런 시련을
겪지 않는 삶은 없다.

모든 생명들은 그렇게
폭염과 태풍과 혹한을 견디며
상처 입은 채 익어가고
생명을 위해 하늘은,
눈물이 고갈된 채
서늘하게 멀어져 간다.

상처가 굳은살이 되고 나만의 갑옷이 된다.

[상처]

상처가 굳은살이 되고
나만의 갑옷이 되니

남의 옷과 달리
쉽게 벗겨지지 않는다.

[안다면]

알면 화를 낼 이유가 없다.

상대가 화내는 이유가
무지하고 약할 뿐 아니라
조금만 들여다봐도 드러날
얕은 속 때문임을 안다면.

[이름 없는 들꽃]

나 한 송이 이름 없는
들꽃이 되리니
보살펴 주는 이 없다
서글퍼 말고
알아주는 이 없다
서러워 말자.

산속에 핀 수많은 들꽃
사람이 돌보지 않아도
수없이 많은 벌 나비가 돌보고,
산속에 핀 수많은 들꽃
사람이 알아주지 않아도
무수히 많은 생명들이 알아주니,

한 송이 이름 없는 들꽃
하늘과 바람과 나무랑 교감하다
세상 모두 잠이 들면
이름 없는 별들과 눈으로 대화를 나누리!

들꽃은 이름을 구걸하지 않는다.

[들꽃]

진정 아름다운 꽃들은
보이지 않는 곳에서
별처럼 들꽃처럼 자신의 길을 가고 있고,

간혹 바람에 날려 거리에 떨어지면
세상에 이름을 날리는 것이다.

보이지 않는 곳에서 별처럼 들꽃처럼 나의 길을 간다.

[감기 들기 좋은 날]

오늘 아침 출근길
잠바를 걸쳤는데도
조금 추웠습니다.
감기 들기 좋은 날입니다.

오늘 아침 출근길
낙엽도 추웠는지 몸을
둥글게 말고 있었습니다.
감기 들기 좋은 날입니다.

남들 단풍놀이 갈 때
내 가슴에 머릴 파묻고
오들오들 떨던 그대
감기 들기 좋은 날입니다.

어디에 있든 오늘은
감기 들기 좋은 날입니다.

그대 어디에 있든 감기 조심하세요.

[슬픈 별]

사랑은 가도
별이 남아 빛나네.

이슬 맺힌 그대의
마지막 눈동자.

[그대 떠난 의자]

그대 떠난 자리에 떨어진
낙엽 하나

죽은 내 가슴처럼 말라갑니다.

[부처님 손바닥]

나는 여전히 너의 하늘
네 별빛 아래에 있다.

[고수의 원리]

고수일수록 힘을 빼는
스포츠의 원리와 같이
나이 들어 힘 빠져도
사람은 더 지혜로워지니

익은 벼가 숙이는 이치를
힘 빠진 이제야 실천하고
악착같던 재물이 근심임을
이제야 깨닫게 되는구나.

겨울에 잎 다 떨어져도
산은 더 청량한 것처럼
힘없고 볼품없이 변해도
욕심 없고 겸손하다면,
인격 더 빛나고 향기로울 테지요.

[고수]

힘쓰는 법을 모르는 자는 힘을 뺄 수 없고
힘쓰는 법을 아는 자는 함부로 힘을 쓰지 않는다.

[굳은살]

최고는 상상할 수 없는 고통을 겪고

최고의 노력은 어디든 자국을 남긴다.

[익은 벼]

벼는 고개 숙임을 부끄러워하지 않는다.
노랗게 익어갈 뿐.

[길]

수없이 많은 길들이
하나씩 닫혀가고 있다.

꽃 피던 계절에는
세상 사방팔방이
모두 길이었다.

녹음이 우거진 계절
내가 선택할 수 있는 길이
참으로 많았다.

노랗게 익어가던 계절에도
내가 선택할 수 있는 길이
제법 있었다.

낙엽 다 져 가는 지금
몇 가닥 남아 있는 길마저
닫혀가고 있다.

지도처럼 선명해져 가는
몇 가닥 남은 길
이제는 흔들림 없이
바르게 걸어가야 한다.

길이 없다면 기회가 온 것이다.

[길]

비록 안개 속을 헤맨다 할지라도
선택의 폭이 넓다는 것은
젊고 능력 있다는 것이다.

산다는 것은 자신에게 열린
수많은 길을 하나씩 닫아가는 것이다.

[돌에 핀 꽃]

기적은 바람과 같아서
바람에 실려 왔다
바람결에 실려 가고

기적은 물과 같아서
준비 안 된 가슴에는
고이지 않으니

기적은 도도한 연인
자격 없는 가슴에는
안기지 않는다.

기적은,
준비된 가슴에만
꽃을 피우는
필연의 꽃이니

비바람과 낙엽과 흙먼지를
오랜 세월 가슴에 품고 썩히면
봄날 비치는 한 줄기 햇살에
돌도 꽃을 피운다.

기적은 바람처럼 떠돌면서 준비된 돌에만 꽃을 피운다.

[기적]

비바람라 낙엽라 흙먼지를
오랜 세월 가슴에 묻고 썩히면
봄날 비치는 한 줄기 햇살에
돌도 꽃을 피운다.

준비 안 된 자에게는 기적이 일어나지 않는다.

[나무의 깨달음]

나무야 나무야.
내 이제야 알겠구나.
화려하던 봄날 비바람 속에서
네 꽃의 아름다움이
그리 길지 않았다는 것을.

꽃잎을 날리면서도
아프게 열매를 맺어
폭염과 태풍을 견디며
소중하게 익히고
찬 서리에 열매를 떨구는
기꺼운 고통 속에서
마지막 불꽃을 되살려
아름답게 물드는 것을.

나무야 나무야.
내 이제야 알겠구나.
네가 말라가면서
아름답게 꽃 피우는 것을.

나이 드는 것이 단풍 드는 것임을.

나이 드는 것이 단풍 드는 것임을.

[늙은 나무]

미련 없이 버리고
아름답게 물들어야 하는데
머리로만 나뭇잎을 물들이니
벌레 먹은 듯 얼룩이 진다.

[가을의 전언]

가을은 머뭇거리는 나에게
가면서도 한마디 한다.

잡지 말고 받아들이라고
선명한 나이테 한 줄 늘 거라고.

[장작]

잘 마른 나무는 연기를 피우지 않는다.

[가지 않은 길]

가끔
"그때 그렇게 하지 않았다면"
라고 생각할 때가 있다.

만약
그때 그렇게 하지 않았다면
지금 어떻게 되었을까.

세상엔
여러 갈래의 길이 있지만
그 길을 다 갈 수는 없다.

어쩌면
그때 다른 길로 갔을지라도
그리 달라지지 않았을 것이다.

인생은
남이 심은 과실을 따는 것이 아니라
자신의 나무를 심는 것이기 때문이다.

이제는 나의 게으름을 탓할지언정
가지 않은 길을 곁눈질하거나
아쉬워하지 말자.

인생은 남이 심은 과실을 따는 것이 아니라
자신의 나무를 심는 것이다.

[가지 않은 길]

세상엔 많은 길이 있지만
다 갈 수도 없고
다른 길도 별 거 없다.

만족하지 못한 사람들이
서로를 보며 부러워한다.

[낯선 길]

비범한 자도 평범한 길을 가지만
평범한 길만 가서는 비범해질 수 없다.

비범한 자는 낯선 길을 두려워하지 않는다.

나의 시 나의 인생

등단도 못 한 사람이 글을 발표한다는 것은 옛날 같으면 상상도 못 할 일이지만 통신매체가 발달한 현대사회는 그것을 가능하게 만들었고, 어쩌면 등단 시인들보다 더 많은 시인들이 활발하게 활동할 수 있는 공간을 제공하고 있습니다.

마치 문단이 틀에 갇힌 세상이라면 드넓은 세상에는 보이지 않는 구석구석에서 글을 쓰는 무수히 많은 이름 없는 고수들이 활동하고 있었고, 인터넷이란 가상 공간은 무수히 많은 시인들과 독자들의 상호 소통과 위로를 통해 무한히 확장되고 있었습니다.

저는 사실 어릴 적부터 일기나 편지도 제대로 써보지 못한 문학에 문외한인데 우연히 탁구동호회 카톡방에 올린 제 글에 누군가 덕담 삼아 던진 괜찮다는 말에 고무되어 글을 쓰기 시작하였습니다.

학창 시절 책도 많이 읽지 않았고 문학책도 몇 권 읽지 않았는데 좋은 사람들의 칭찬에 힘입어 시에 대한 전문적인 교육이나 공부

228

없이 고등학교 국어 교육과정을 떠올리며 인터넷으로 다양한 시를 통해 시를 배우고 시를 쓰기 시작했지요.

1년 정도 미친 듯이 시에 빠져 인생 경험과 교훈, 감동을 토대로 시를 썼으며, DAUM 아고라 게시판에 시를 매일 올리면서 작품의 다양성을 확보하였고, 아고라 폐쇄 후 카카오스토리의 "시가 있는 아침"이란 채널에 매일 시를 써 독자들과 상호 소통하며 글을 발표함으로써 더욱 발전하게 되었습니다.

그런 과정을 통해 어느 정도 완성된 시들을 신춘문예와 문예지에 보냈지만 예심도 통과하지 못하여 나름대로 분석한 결과, 그들의 길은 저와 다름을 느끼고 저는 문단과 다른 나만의 길을 가기로 마음먹고 계속 시를 써 약 1,000여 편의 시를 쓴 후 새로운 돌파구를 찾다, 시를 더 쓰기보다는 다듬어보기로 마음먹고 대표작들을 암송하고 낭송을 시작하였습니다.

낭송을 하다 보니 제 시의 부끄러운 부분들이 보였고 운율도 가미되어 조금 더 매끄럽게 다듬어지고 목소리까지 좋아지게 되어 유튜브에도 올리기 시작하였고, 또 한편으로는 제 시를 창작 당시의 감동을 돌이켜 수필로 풀어쓰기 시작하였는데 시에서 못다 한 말이나 표현들이 좋은 글로 새롭게 태어나는 것이었습니다.

이후 시와 수필에서 엑기스만 뽑아 한 줄 시상과 짧은 촌철시를 뽑아내게 되었고 앞으로는 그 모든 것을 하나로 묶어 노래 가사로 작사할 것이며, 그 이후엔 모든 것을 종합하여 다시 시로 재작성하여 시집을 발표하고 달력 형태의 한 줄 시상과 촌철시를 발표할 예정입니다.

작년 봄 운 좋게 도서출판 행복에너지의 선택을 받아 "시와 당신의 이야기"란 수필집을 먼저 계약했지만, 시인으로서 제 숙제이자 숙명은 시집의 발간이라 할 것입니다. 이후 약 1년 간 작품을 다듬어 어느 정도 자신감이 생겨 이제야 제 처녀시집을 발간하게 되었습니다.

시를 정리하는 과정에서 탄생한 다양한 결과물인 한 줄 시상과 촌철시 등을 어떻게 활용할지 고민하다 그 짧은 글들이 낙서와 마찬가지가 아닐까 하는 생각이 들었고 또한 그 짧은 글들을 풀어쓰면 시가 되니 낙서가 곧 시라는 결론에 이르게 되었고,

제 시집의 형태도, 제 시를 보면서 제가 느낀 감정을 낙서 형식으로 오른쪽 페이지에 배치하되 밑에는 독자들의 낙서 공간을 남겨 독자들의 낙서장이자 시집이 될 수 있게 하자는 생각에 이르게 되었습니다.

낙서가 곧 시라는 개념은 제 평소 지론인 누구나 시를 쓸 수 있다는 생각을 실현할 수 있는 방법이라 생각되었고 그리하여 제 시집

의 부제(낙서)가 탄생하게 되었으며 대략적인 출간기획서가 완성되어 행복에너지 대표이사님께 연락하여 브리핑 일자를 잡고 서울로 상경하였습니다.

대표님과 편집팀, 디자인 팀원님들께 브리핑을 한 결과 다들 긍정적으로 봐주셨기에 그 자리에서 출간을 결정하고 이후 계약서를 작성하였습니다. 제 작품은 다년간 다듬어온 것이기에 교정도 특별히 볼 것 없이 일사천리로 진행하여 드디어 제 낙서장이 빛을 보게 된 것입니다.

이 낙서장은 제가 보다 더 좋은 시를 쓰기 위해 노력하는 과정에서 거치게 된 정진 과정의 총체이며, 앞으로 제가 모든 작품들을 더 다듬고 다듬어 종합 예술 작품으로 만들어갈 제 길의 중간 결과물이라 할 것입니다. 향후 이 낙서장을 통해 많은 사람들이 자신의 낙서를 쓰고 시를 씀으로써 시문학의 부흥에 일조하기를 희망합니다.

시인의 길

대부분의 예술을 자본이 독점하는 세상에서 시인은 세상 모든 사람들에게 꿈과 희망을 주는 빛과 같은 존재라 생각합니다. 따라서 시인이 되고자 하는 사람은 혼탁하고 암울한 세상에 꿈과 희망을 주는 글을 써야 할 것입니다. 그러한 글을 쓰기 위해서는 절망과 고난, 어둠 속으로 기꺼이 자신을 내던질 수 있어야 합니다. 왜냐하면 빛은 어둠 속에서 잉태되니까요.

사실 세상엔 뛰어난 사람도 많고 글을 잘 쓰는 사람은 더더욱 많습니다. 어쩌면 너무 뛰어난 사람이 시인이 될 수 없는 것은 그 자신이 너무 밝은 곳에 있기에 빛과 같은 글을 쓸 수 없는 것인지 모릅니다. 오랜 무명의 세월과 실패, 아픔이 없었기에 그것을 벗어나고자 하는 간절한 희망의 글을 쓸 수 없는 것이지요.

오늘 나에게 고난과 아픔이 있다면 그것은 하늘이 나를 더 위대한 시인이 되도록 길을 열어준 것이라 봐야 할 것입니다. 시인은 모든 현실의 어려움을 극복해 나가면서 그 과정을 글에 녹여내고 글로 승화시켜야 하는 것이지요. 그것이 시인의 숙명이요, 시인들이 걸어가야 하는 길일 것입니다.